過敏症

魚住くんシリーズ Ⅳ

榎田ユウリ

目次

イラスト／岩本ナオ
魚住《うおずみ》真澄《ますみ》
理系の大学院生。天使のような容貌だが、生活能力は皆無。久留米に片想い中。
さちの
魚住が心を通わせていた少女。お菓子を作るのが上手で、感情表現が苦手。
久留米《くるめ》充《みつる》
営業系サラリーマン。魚住とは腐れ縁で、振り回されがち。タフな精神構造を持つ。

魚住くんシリーズ登場人物

マリ

久留米の元彼女。大胆にして繊細、自由な魂の持ち主。時々行方不明になる。

サリーム

インド系イギリス人で、魚住の心優しい隣人。美味しい手料理を振る舞ってくれる。

濱《はま》田《だ》

魚住の先輩で、優秀なサイエンティスト。紳士だが、皮肉屋なところも。

荏《え》原《ばら》響《きよう》子《こ》

魚住の元彼女。別れるきっかけとなった出来事により、しばらく魚住を許せずにいたが和解。

伊《い》東《とう》慶《けい》吾《ご》

魚住の後輩。普段は軽口が多くノリのいい今どきの男子だが、実験には真面目。

安《あん》藤《どう》るみ子

久留米の会社の後輩。知識も能力もあるが、「可愛い女子社員」を演じていた。

過敏症

1

三月も半ばだというのに、耳に吹きつける風が冷たい。そこまできているはずの春は、まだその場で足踏みを続けているようだ。かと思えばスギ花粉はしっかり飛んでいるのだから、久留米《くるめ》としては納得がいかない。

月曜日、しっかりマスクをして出勤する。

朝一番で部長に呼び出されていた。なんの話なのか、漠然とした予感はあった。嫌な予感である。そして、嫌な予感ほどよく当たるのが世の常らしい。

「つまり、営業というものをだね、俯瞰《ふかん》的に見るのも重要なわけだ、ウム。現場を離れないとわからないことというのは、あるんだよ。ウム。わかるだろう？」

「それはまあ、そうでしょうが……しかし」

「ワタシとしても、きみにはおおいに期待しているんだ」

「ありがとうございます。ですが」

「視野が広がれば、得るものは多いぞ久留米くん。ま、そういうことでね。ウム、気持ちも新たに、頑張ってくれたまえ」

「……わかりました」

営業部長の赤ら顔を前に、久留米は短く返事をして小会議室を後にした。

大股《おおまた》で廊下を歩く。

イヤです、と言えるものなら言っていた。

異動の内示だったのだ。

——おれは営業が、外回りが好きなんです。たとえ花粉まみれになっても、好きなんです。一日パソコンの前に座っているような部署はごめんです、そんなことしていたらストレスで禿《は》げてしまいます、部長みたいな頭になったらどうしてくれるんですか？

そう言えたら、どんなにスッキリするだろう。しかしハゲをハゲと言ってはいけないのが、大人の世界のルールだ。

この時期の異動は珍しいが、部内の人事権は部長にある。人事部の采配《さいはい》とは別なので、部内ならば人員を動かしやすい。それにしたって、決算前の忙しい時期に迷惑な話だ。あるいは、四月の新人配属前の調整かもしれない。上の考えていることなど久留米にはわからないし、べつにわからなくても構わない。ただデスクワークが苦手なだけである。久留米の営業成績は、この不況下にしては好調だった。取引先からも可愛がってもらっているし、特別大きなミスをしでかした覚えもない。部長の言う通り『視野を広げるための』異動なのだと、素直に解釈しておくしかないだろう。

しかたない。

地方へ転勤というわけではない。本社内での居場所が変わるだけである。サラリーマンをやっている限り、異動くらいでガタガタ言ってはいられない。

「ねね、久留米さん、ウムウムに呼ばれたでしょ。営業企画室ですよね。それって、出世コースかも」

正式な辞令はまだこれからだというのに、安藤《あんどう》るみ子が久留米のデスクに寄ってきて囁《ささや》く。

「おまえ、耳が早いな」

「うふ。あたしも異動なんです、実は」

「へえ。どこによ」

「ここ」

「え？」

るみ子がさらに声を低くした。

「あたしね、営業二部から一部に移るんです。しかも、内勤でなく」

「なに。安藤、外回るの？」

「そう。ウムウムに掛け合ったんです。過去の実績データの分析と、仮に自分が担当したらどう数字を上げられるかの、予測データも添えて」

予測まで加えられていては、ウムウムも……もとい部長も無視はできなかっただろう。事実、安藤の分析力はたいしたものだ。くるりと内巻きにした髪、柔らかい印象のメイク、少し舌足らずな喋《しゃべ》り方。一見『お嫁さんにしたいＯＬナンバーワン』といった雰囲気のるみ子であるが、ここのところその実体を露呈しつつある。

すでに仲の良い女子社員たちがるみ子を『歩く日経新聞』と評しているのを、久留米は耳にしている。ちなみに久留米は日経はザッとしか読まない。スポーツ面が少ないので、なにか物足りないのだ。

「安藤って、見かけによらず努力家だよな」

薄いピンクに塗られた爪をくちびるに持っていって、るみ子がにこりと笑った。

「あたしの見かけは、敵を撹乱《かくらん》するための戦闘服なんですよぅ」

「戦闘服ねぇ……」

以前マリが同じようなことを言っていたのを思い出す。ピッタピタのワンピースを着て、当時勤めていたクラブに出勤する前のことだ。闘ってんのは男だけじゃないのよ……と、かつて恋人だった女は不敵に笑っていた。

「でもって、こっちは機関銃ってとこかしら？」

脇に抱えていたノートパソコンを示して、るみ子が言い足す。中には膨大な量の営業データや、市場動向、その分析が入っているのだろう。

「最近、弱い女っていない気がするぞおれ」

久留米は呟《つぶや》き、デスク上の缶から飴玉《あめだま》を取り出した。禁煙用である。

「もともと、男性の幻想なんじゃないかしら、それ。強いとか弱いとか、性差より個人差だと思うな」

「かもな」

「好きなこととして生きないとダメって、魚住《うおずみ》さんにも言われたし」

「へえ。あいつに？」

その名前を聞いても必要以上に反応しないように気をつける。先々週に会ったきり、あの手の掛かる男とは電話もしていない。

というか、できない。

魚住真澄《ますみ》は大学時代からの友人で、一時は久留米が住む安アパートの居候でもあった。顔だけは綺麗《きれい》なうすらぼんやりした奴だ。数え上げれば両手に余るほど、さんざん迷惑をかけられたにもかかわらず——いや、それだけ関わってしまったからなのか、いまや魚住は久留米にとって特別な存在になってしまっていた。

もちろん、るみ子はその事情を知らない。

るみ子どころか、魚住本人にだって言えやしない。言ってはいないのだが、つい行動に出てしまったのが、その先々週である。

「好きなこととして生きないと、か。いつそんな話になったんだ？」

るみ子は魚住がお気に入りのようだ。

「最初にふたりで飲んで、あたしが潰《つぶ》れちゃった夜ですね。ちょっとワイン入って、饒舌《じょうぜつ》だったみたい。魚住さんってふわふわ喋るから、聞きやすくて……。あ、でもこの間はそんなに喋らなかったかな」

この間といっても昨年の十一月頃の話だ。

久留米とるみ子と魚住の三人で食事をした。以前酔っぱらって迷惑をかけたお詫《わ》びをさせてくれと、るみ子が頼み込んできたので、ありがたく御馳走《ごちそう》になったのだ。

その夜、魚住はほとんど酒を口にしなかった。飲めないわけではないが、酔うと記憶をなくす悪癖があるので、外での飲酒は自主的に制限している。

「魚住さんて、ホント綺麗。なんであんなに睫毛《まつげ》長いんですかね？　取り替えたいなぁ、もう。ほっぺたなんか、すべすべで、気持ちよさそうなんですよね〜。スリスリってしたくなっちゃう」

同感である。

「たまぁに笑うでしょ。それがまた可愛いんですよね、ちょっと子供っぽくなって。普段が……なんていうか、ぼーっとしてあんまり表情ないから、なおさら」

そう、その通りだ。

「あの時、真っ白なセーターだったでしょ。ああいう薄い色があんなに似合う男の人って珍しいですよね。肌が綺麗だからかな？　くちびるだけ、ほわん、て桜色だし。いいなぁ、久留米さんはしょっちゅうあの顔見られて」

「もう見飽きた」

嘘である。それどころか、見るだけでは足りなくなってきているのだ。

魚住がどんな肌をしているのか、そのくちびるがどんな感触なのか、久留米はもう知っている。忘れようにも忘れられない。時には突然頭の中で、その記憶が再生されて、ひとりで慌てふためいてしまう。

また触れたい。

いままでのように、その場限りの触れ方ではなく。

もっと時間をかけて、もっとじっくりと、この腕であの存在を確かめたい。

正直なところそう思っているのだが、口に出せるはずがない。なにをどう言えば、そういう展開になるのか……想像するだけで耳から発火しそうだ。こと恋愛に関して、久留米は器用ではない。無骨で、気が利かないタイプだとわかっている。しかも、今回の相手は男なのだ。久留米も男なので、男同士だ。世の中にはそういう事象もあるのだと知ってはいるが、自分は関係ないと思って生きてきた。己は異性愛者なのだと信じ込んでいた。

その信念は、現在グラングランに揺れている。

揺れながら、久留米は非常に困惑している。

触れたい。だが、言葉を繰り出せない。

それでもそばにいれば、どうしても手が伸びそうになる。健康な成人男子としては、避けがたい衝動が起こる場合もある。その結果があの朝だ。とうとう自分からアクションを起こしてしまった。魚住にしてみれば、まったくの無意識なのだろうが、久留米から見ればひどく扇情的な仕草に、我慢できなくなった。制御機能はオーバーヒートして焼き切れ、腕が勝手にあの細い身体を抱きしめていた。

抱きしめて驚いた。

あんなにしっくりくるとは思っていなかったからだ。野郎なんか抱きしめたら、めちゃくちゃ違和感があるかと思っていたのだが……細いとはいえ、女よりしっかりした魚住の骨格は、久留米の腕にとてもフィットした。離しがたくなるほどに。

自分がしたことを、後悔してはいない。

……が、次に会った時にどんな顔をすればいいのかわからない。なにを言えばいいのかもわからない。まったくわからない。

「ね、久留米さん。またごはんセッティングしてくださいね。あたし、魚住さんに会わせたい人がいるんです」

抱きしめた時、魚住が見せた驚きの表情を思い出していた久留米は、るみ子の言葉を半分聞き逃していた。

「え？　なに？」

「あたしの親友で、ずっと行方がわからなかったんだけど、最近連絡が取れたの。その人を魚住さんと久留米さんに、紹介したいなあと思って」

「へえ。女の子？」

「ううん。男の人。あ、課長さんだ。退散しますね」

久留米の上司が応援ブースから出てきたのを目敏《めざと》く見つけ、るみ子は独特の足取りで去っていった。

子供っぽいその歩き方を見送りながら、久留米は奥歯でカリリと飴《あめ》を噛《か》んで、音を殺した溜息《ためいき》をついた。


同じ頃、魚住は春休みの大学にいた。

大学の食堂は開いてはいるものの、機能していない。食堂業者は新学期まで休みだ。お湯は使えるので、本日の魚住のランチはカップ麺《めん》のカレーうどんである。これならばわざわざ食堂まで出向かなくとも、研究室で食べればいいわけだが、ずっと同じ空間にいるのに飽きて、気分転換したくなったのだ。

「……アチ」

熱湯が跳ねて手の甲に数滴かかった。それを白衣で拭《ぬぐ》ってから、両手でカップうどんを持ち、移動を始める。そろそろと、いつもよりも慎重に動いた。指の機能はまだ完全ではない。途中でカップ麺を落としたら大惨事だ。リハビリを続ければ、ほぼ元通りになるだろうと医師は話していた。

年明け早々に騒動を起こした魚住は、一月中ろくに研究室に出ていない。

たまったツケを取り返すべく、春休み中もコツコツと実験を続けていた。講義がなくとも、研究室に詰める理系の院生や学生は珍しくはない。食堂にもそういった者たちがちらほらと見える。

「あの……どうしたんですか、それ」

ふいに頭の上から降ってきたのは、聞き覚えのない声だった。

いままさにカレーうどんを食べようとしていた魚住は、口をぽかりと開けたままで顔を上げる。視界に入ってきたのはやはり知らない男だった。

でかいなぁ、というのがその男の第一印象だ。

背が高いだけではない。濃紺のシャツ越しに窺《うかが》える筋肉からして、間違いなくスポーツをしている身体だ。そのわりにごつい印象を受けないのは、人の好《よ》さそうな顔つきのせいだろうか。目が優しいのだ。

「それって？」

魚住が割り箸《ばし》を持ったまま聞く。

「あ。その、手首」

「ああ」

相手が誰なのか確かめもせず、答える。

「怪我した」

「両方に？」

「うん」

細い両手首のサポーターを自分でちらりと見る。怪我というのは嘘ではない。果物ナイフを使って自分で掻《か》き切った手首。つまり自殺未遂である。ほかに手首の内側に怪我をするケースは、あまりないだろう。

でかい男もそれを覚ったのか、それ以上は聞きにくそうな顔で突っ立っている。

「……おれ、食べてもいいかな？」

「あ。はい、すいません。あの、」

「うん？」

「待ってていいですか。食べ終わるまで」

「はあ。どうぞ」

見知らぬ男は魚住の前の椅子を引き、真面目な顔で腰掛ける。

座っていてもでかかった。目の前にちょっとした壁ができたみたいだ。こちらをじっと見ている。観客のいる食事は普通しにくいものであるが、魚住は気にしなかった。それよりも、もっと重大な問題に直面していたからである。

カレーうどん。それは魚住にとって、とてつもなく手強《てごわ》い相手だ。

どれほどの細心の注意をしても、汁が飛ぶ。カレーの黄色い汁だ。今日までの人生で、何度シャツの胸元にカレーの染みを作ったであろうか。たぶん、無事にすんだことは一度もない。どうせ汚すのだからと、最近は白衣を着たまま食べるようにしている。

魚住真澄、今年で二十七歳になるが、いまだカレーうどんには惨敗の人生だ。

「あ、いたいた。魚住さん」

カレーうどんとの戦いも終盤を迎えた頃、同じ研究室の伊東慶吾《いとうけいご》がサンドイッチとコーヒーを持って近づいてきた。

「腹減っちゃいましたよ、もう。あのプリンターなんとかなんないかなぁ。紙詰まりばっかしで肝心の印刷が全然進まな……あれ？」

魚住の隣に座りながら、伊東は向かい側にいる男を見て言う。

「明良《あきら》じゃんか」

「あ。伊東」

どうやらふたりは知り合いらしい。

ずるずるっと残り少ないうどんを吸い込みながら魚住はアキラ、と呼ばれた男を見た。なんだか困ったような顔をしている。ここの学生、もしくはOBなのだろうか。魚住も伊東も学部生ではなく、院に進んでいる身の上なので、同級生はほとんど卒業してしまっている。

「あれ、魚住さん知り合いでしたか、こいつと？」

伊東の問いに首を振る。

「ううん。知らない人」

食べ終わって、白衣を確認すると、やはり襟元に茶色い染みがテンテンとついていた。

敗北である。くちびるを舐《な》めるとカレーの味がした。顎《あご》のあたりにもついている気がする。白衣の袖口《そでぐち》で拭ってしまおうかと思ったが、何度もマリや濱田《はまだ》に叱られたのを思い出して、ハンカチを探す。たぶんないなと思っていたら、やはりない。

「あ。よかったら」

明良が自分のハンカチを差し出してくれた。

せっかくだから受け取って、口の周りを拭《ふ》く。ハイ、とそのまま返す。明良は戻されたハンカチを、慌ただしくしまいながら伊東に向かって言った。

「伊東はまだ大学にいたのか」

「いたんだよね。就職先もコレっていうのないしさぁ。実家はもともとこっちだし。魚住さんと同じ研究室なんだよ。日野《ひの》教授の免疫学」

「そうだったのか……」

「明良こそ、なにしてんの。就職したんだろ？　だから土曜はわりと来てる」

「バスケ部のコーチを手伝ってるんだ。だから土曜はわりと来てる」

「あー、そっかそっか。あのね魚住さん、こいつ、バスケ部だったんですけど、おれと同じスノボサークルもかけもちしてたんですよ。こいつが雪の上で転ぶと、巨大な穴がボコボコできて、すげー迷惑だったんです。アハハ」

「うん。でかいもんねェ。何センチあるの？」

まじまじと見ながらそう聞く魚住に、明良が答える。

「一八八センチだから……バスケやってる中では、それほどでもないです」

　十分に大きい。

　久留米が確か一八三とか四とか言っていたから、さらにでかいわけだ。魚住は一七六センチ程度なので、久留米とだってそこそこ身長差がある。だがその身長差は——口づけを交わすにはちょうどいいくらいのものなのだと、つい先々週、魚住は知った。

　思い出してしまったら急に心拍数が上がった。顔が赤くなりそうで、俯《うつむ》いた。

「魚住さん？」

「あ。おれ、先戻ってる」

「どうかしましたか？　気分でも悪いとか？」

　心配した伊東が魚住の肩に軽く触れる。途端に魚住がビクリと震えた。過剰な反応に伊東のほうが驚く。

「大丈夫スか？　マジで」

「……大丈夫。ええっと、午後は培養室にいるから」

「あ、おれ、クリーンベンチ使いたいんですけど」

「うん、いいよ。おれまだ必要ないから……じゃ」

　明良にもチラリと視線を投げて、魚住はその場を後にした。明良がどうして自分に声をかけてきたのかはわからずじまいだったが、いまはそれより自分の頭を冷やしたい。

　歩きながら背中に視線を感じたが、振り返らなかった。

学食を出て、大学の中庭のベンチに座り込み、魚住は溜息《ためいき》を吐いた。風はいくらか冷たかったが、いまの魚住には好都合だ。

身体がヘンだった。

わかってる。あれからだ。久留米が、突然、あんなことするからだ。

胸の中でそう言葉にした途端、また顔がカッと熱くなって心臓が走りだした。

思わず自分の胸元を摑《つか》む。全力疾走したわけでもないのに、心臓がダンダン喚《わめ》いている。魚住は困惑した。

あの夜、連絡もなしに久留米は現れた。日曜の夜に来るのは珍しい。背広姿でやって来て、部屋を散らかしていた魚住に手を貸してくれた。一緒に餃子《ギョーザ》を食べた。寝る前になにか話をしたような気もする。寝たら忘れてしまったが。

そして翌朝、なぜか目覚まし時計が作動しなくて、久留米は少し寝過ごした。

魚住が洗面所で口をすすいでいた時、久留米に、

——あれ。魚住、定期取ってくれ。テーブルの上にないか？

と声をかけられた。居間に戻ると、言われた場所にくたびれた定期券ケースがある。

——ん。あったよ。

玄関まで持っていって渡す。すでに靴を履いている久留米はスーツの上に、冬のボーナスで買ったという黒いウールコートを着ていた。肩幅が広いのでよく似合う。魚住はちょっと見蕩《みと》れてしまった。

いつのまにか久留米は背広姿がすっかり板についている。仕事のできる大人の男、という感じだ。自分には希薄なその雰囲気を、魚住は羨《うらや》ましく思った。

——おまえ、歯磨き粉ついてるぞ。

——え。

指摘されてくちびるの周りを指で辿《たど》る。下くちびるに粉っぽい感触があったが、もう乾いてしまっていてなかなか取れない。

——子供じゃねぇんだからさぁ。

——子供じゃないけど。

仕方ないので、舐め取ろうと舌を動かした。舌先にミントの刺激を感じる。もう取れたかな、と思ったその時だった。

いきなり、抱き寄せられた。

パジャマ一枚の魚住は、最初に厚いコートの生地を感じた。その下から感じる、久留米の体温——反して冷たいのは足の裏だった。裸足《はだし》のままで玄関タイルを踏んでいる。何事かと顔を上げたのと同時に、いままで自分が舐めていた下くちびるに、今度は久留米の舌を感じた。

——く……。

その名前を呼ぶ間も与えられず、くちびるが塞《ふさ》がれた。

首の後ろを久留米の大きな手で捕まえられている。顔が動かせない。

自分の手がその時どこにあったのか、魚住は思い出せない。

とにかく、驚いたのだ。驚き過ぎて息をするのまで忘れてしまった。苦しくなって、圧迫が弱くなった時に酸素を求めて口を開けた。酸素は得られたが、同時に久留米の舌に侵入された。かすかな苦みは、さっきまで吸っていた煙草の名残だったのか。

乱暴では、なかった。

最初の強引さは次第に薄れ、絡まる舌は優しく柔らかく動いた。まだつけたばかりの、アフターシェーブローションの香り。背中を辿る大きな手のひらのぬくもり。まったく知らなかったわけではない久留米のくちびるだが、こんなに長い時間触れ合っていたことはなかった。もちろん、こんなふうに抱きしめられたことも、だ。

身体が熱くなり、思考は止まった。

代わりに皮膚感覚が、鋭くなった。

——ん、ふァ……。

舌先を引き出され、キュッと吸われた時、背骨が溶けそうな感覚に襲われた。くちびるを合わせたまま漏れる喘《あえ》ぎを、止められなかった。その甘い衝撃は腰のあたりでズゥンと響き、身体から力を奪う。

関節が言うことを聞かない。膝《ひざ》から崩れそうだった。

たかがキスで、こんなふうになる自分に驚いた。

かつて実験と称して濱田と交わしたキスとは違う。久留米との接触は、魚住のもっと深いところにまで作用した。身体の奥に響き、まるで細胞ひとつひとつまでもが、このキスに浸食され、溶かされそうだった。

久留米が離れた時、後ろに靴箱がなかったら自分を支えられなかっただろう。

——じゃあな。

それだけ言うと、久留米はさっさと出掛けていってしまった。ほとんど顔も見せてはくれなかった。言葉もない魚住を残して、足早に去っていく靴音が聞こえる。

残された魚住は、その場でズルズルと座り込んでしまった。

あれはいったい、なんだったんだろうと考える。

冷たい風に髪を乱され、やや落ち着いてきた頭で、久留米の行動の理由を探す。魚住をからかっただけなのか。それにしては行き過ぎている。前に、魚住が口移しで飴《あめ》を返したことへの報復だろうか。そういえばあの時の久留米は怒っていた。しかし、久留米は短気だが根に持つタイプではない。いまさら仕返しというのもおかしい。

「……わかんない」

俯いて呟《つぶや》いた言葉は、自分の靴先に落ちる。

とにかく、そんなふうに久留米に触れられて以来、皮膚感覚が鋭敏になっていることは確かだ。

ものにぶつかったりするぶんには大丈夫なようだが、人に触れられると駄目だ。さっきの伊東のように、軽く触れてきた程度でも大袈裟《おおげさ》に反応してしまう。身体が勝手にびっくりしてしまうのだ。服を着ているにもかかわらず、裸体に触れられているような感覚に近い。魚住は、特別自分が感じやすいとは思わない。動作がいまひとつトロいため、始終どこかに身体をぶつけて内出血を作るのだが、ぶつけた時はほとんど気がつかない。あとで痣《あざ》を見つけてアレと思う程度なのだ。どちらかというと、鈍いのだと思う。

しかも、以前には味覚障害だった。つまり食べ物の味がわからなかったのだ。同時期、性的不能にも陥っていた。ダブルの感覚欠落である。

それが現在は過剰になっているのだ。感じ過ぎる。

――どうして平均値を取れないんだろ、おれって。

いいかげん、自分でも呆《あき》れてしまう。

この季節、いつもなら冷え切っているはずの手足の先が温かい。微熱があるようだ。まるで遠足前夜の子供のように、身体が興奮状態から抜け出せなくなっているらしい。自分の身体なのに、自分で制御できないのはもどかしい。

今度久留米に会った時にどんな顔をすればいいのか考え、魚住はベンチに座ったまま、自分の膝をギュッと抱えた。

2

「サリーム、パソコン持ってたよな？」

煙の向こうから、久留米がそう聞いてきた。

食後の煙草を銜《くわ》えたままで、一見すっかり寛《くつろ》いだ様子だが、視線をサリームから僅《わず》かにずらしている。言いだしにくいなにかがある場合、久留米はしばしばこういった態度を取る。そういうわかりやすさが、サリームには好ましく思えた。

「はい。でも、新しい型ではないですよ。友達のお古ですから」

「……ちょっと教えてくれないか？」

僅かに言い淀《よど》んだのは、遠慮の気持ちが動いたからだろう。一見がさつにも見える久留米だが、実のところ、他者に対する気遣いはきちんとしている。ただそれをあまり態度には出さないタイプなのだ。

「僕もたいして詳しくないですが」

「おれなんかろくに触ったことがない」

「え、でも会社で使うでしょう？」

イギリス国籍であり、ほかにもインド・日本の血が混じる留学生のサリームは、久留米の隣人だ。

日本社会に大変興味を持っており、卒論もそういった素材を使おうと思っているので、実生活でも日本人やその社会システムを『観察』という視点から見る場合が多い。

「会社の書類作成などは、ほとんどパソコンでするのでは？」

「おれ、事務方の女性社員にやってもらっちゃうんだよ。最初は自分でやってたんだけど……どうも見ていられないらしくてな。汚い字の下書き渡すと、だいたい次の日にはできあがってる」

「まるで秘書《セクレタリ》じゃないですか。久留米さん、女性に人気があるんですね」

サリームの言葉に、久留米が鼻を掻《か》きながら眉《まゆ》を寄せ、

「おれにやらせるとあまりにもとろいから、イライラするだけだろ」

と否定する。

だがサリームにはわかっていた。いささか口が悪く、照れ屋で根の優しい男が、会社でもよい評価を得ていることは想像に容易《たやす》い。

「配属が替わるんだ。月曜から、営業企画ってとこに。なんかいままでとは違ってんだよな。営業するんじゃなくて、営業の企画をするわけ。似てるんだけど、全然違う。第一、外回りがほとんどないらしい。それだけだってウツ入るってのに、パソコンできるのがあたりまえ、って部署で……」

「大変ですねえ。もちろん、僕がお教えできる範囲でしたら、なんでも聞いてください。でも、たぶん魚住さんのほうが詳しいと思うのですが」

その名前が出た途端、久留米がまたフィと視線を逸《そ》らす。ギュギュ、とむやみに強く煙草を灰皿に押しつけて、空咳《からせき》をした。

「ダメ。あいつはダメ。確かにパソコンくらいできるだろうけど、説明が下手くそ過ぎだ。あいつの日本語能力わかるだろ？　英語はペラペラでも、母国語だと小学生と話してるみたいじゃねえか」

確かに、そうである。魚住と話していると、子供を相手にしているような気分になったりもする。けれどサリームが思うに、魚住がつたないのは日常会話や、自分の心情の説明などの場合だ。知識を他者に伝達する能力は十分にあると察する。理系の院生ならば実験授業の助手を務めるはずだろうから、教えるという行為にはサリームよりも慣れているはずだ。

「そうかもしれませんね。それに、魚住さんより僕のほうが時間もありますし」

それでもあえて久留米に同調したのは、最近の魚住と久留米の関係が微妙なラインにまで到達していることに、サリームも気がついているからである。それについては、静かに見守るのがサリームのスタンスだ。あくまで本人同士の問題なのだから、止めもしないし煽《あお》りもしない。マリは面白がって多少くちばしを入れたりもするが、それは彼女だけに許された特権のようなものだ。

「明日《あした》、さっそくおれがどれくらいできるのかチェックするって言ってんだよ、今度の上司が。だから少しは勉強しとかないと……ああ面倒くせぇ」

おそらく内勤でコンピュータを相手にしているよりも、その脚力を駆使して取引先を飛び回るほうが性に合っているのだろう。気の毒に思いながらも、サリームは少し笑ってしまった。実に、久留米とデスクワークは似合わない。

「ではやってみましょうか」

それでもこの時代にコンピュータが扱えないのは、明らかに不利だ。久留米もそれをよく承知しているからこそ、教えてほしいと言いだしたのであろう。サリームが出してきたノートパソコンをしげしげと見つめている。

「僕のは、ウィンドウズマシンなのですが」

「ああ。会社のもそうだ」

「では、まず起動させて、ワープロソフトを呼び出してください。僕が大学の課題で使っているファイルを利用しましょう。ファイル名は……」

「ちょっと待ってくれ、サリーム」

「はい」

「どうやって、フタを開けるんだ？」

一瞬、サリームが固まった。

「……………。このつまみをスライドして、上げればいいんです、主電源はここです。押します」

「うん。で？」

「アプリケーションを立ち上げて、ファイルを呼び出してください」

「あぷりけーしょん？」

「……はい。ええと。ちょっと待っててくださいね、久留米さん」

これは長い道のりになりそうである。

サリームは思わずお茶の支度を始めてしまった。


——やっぱ、おれには向いてねェって。

翌朝、久留米は寝不足と眼精疲労による頭痛に、顔をしかめながら出社した。午前中にテストされた結果、昨日の努力にもかかわらず、久留米のパソコンスキルは『ビギナークラス』と判定された。

「だってね課長。久留米くんは関数も使えないんですよ。ソートして、って言ってもソートの意味すらわからない。セルすらわかっていない。どこかの入門コースに叩《たた》き込んで、用語から覚えてきてもらうしかないです。僕はヤですよ、右クリックの意味から教えるなんてのは。時間の無駄、むだ、ムダ」

身も蓋《ふた》もない言い方をしたのは、久留米より二年先輩にあたる西村《にしむら》という男だ。小柄で、女の子のようななで肩をして、スピッツみたいにキャンキャンした声を出す。久留米はひと目で苦手なタイプに分類した。しかし、仕事はできるらしい。おまけにこの場合、西村の言ってることは正しいのだ。

というわけで久留米は今週いっぱい、外部のパソコン研修に出される羽目になった。

これが予想以上に厳しかった。一般向けのコースではなく、即戦力用社会人向けに設定されており、たった五日間しかないのに課題がぎっちりである。テキストはまるで電話帳のようだ。しかも三人いるインストラクターは全部男。つまらない。若くて可愛い女性インストラクターだったら多少は気持ちも和んだだろうに……。魚住以外の男には、なんの興味もない久留米である。

二日目にして、疲労困憊《こんぱい》した。

パソコンを見ただけで胸焼けがしそうである。こんなことなら、学生時代にもっとやっておけばよかったと悔やみつつ、『後悔先に立たず』という格言を噛《か》みしめる。

「久留米さん」

「はあ？」

帰り支度をしていたところで、インストラクターに声をかけられた。一番でかくて、一番若いと思われる男だ。饒舌《じょうぜつ》ではないが、説明は丁寧でわかりやすい。

「あの、おれ、覚えてますか？　三鷹《みたか》です。バスケ部にいた」

ああ、バスケやってたのか、でかいはずだわと思った。しかし三鷹という名前が記憶の糸に引っかかってこない。聞き慣れないパソコン用語に疲れた頭が、上手《うま》く働いていないのかもしれない。

「ええと、遠山《とおやま》先輩とよく一緒に」

「ああ！　なんだ、あの三鷹か。そんな眼鏡なんかかけてっから、わかんなかった」

遠山はよく覚えている。同じ学部の明るい男で、一緒に飲みに行くことも多かった。

バスケ部のマネージャーだった遠山に誘われて、久留米は時折練習に紛れ込むこともあった。もともと運動神経はいいうえに、高校時代はバスケ部と陸上部を掛け持っていた久留米である。その動きには部員たちも目を瞠《みは》り、遠山から何度も入部を誘われたのだが、高校時代に膝《ひざ》を悪くしていたため断っていた。日常生活には支障ないが、激しい運動を定期的にすると痛みが出るのだ。膝は一度壊すと後を引く。

それに、正直なところ気分的にも乗り気ではなかった。久留米としては、たまに身体を動かす程度でちょうど良かったのだ。勝ち負けに神経をすり減らしてスポーツをするのは、高校時代まででたくさんだという気持ちが強かった。

その遠山が目をかけていた後輩が三鷹である。

確か自分たちより三年ほど下だったはずだ。

「へえ、おまえだったのかぁ。ここに就職してたんだな。そんなでかいくせに、パソコン得意だったんだ」

「あはは。必死で勉強したんですよ、おかげで視力が落ちちゃって……。ふだんは外してますけどね。ああ、懐かしいなぁ。学生時代を思い出しますよ」

「おまえはまだ卒業して一年だろうが」

笑いながら言う久留米に、そうですけど、と三鷹も苦笑する。そして、

「あの、久留米さん、よかったら一緒に飯でもどうですか。直帰でしょう？」

と誘った。

久留米は快く承諾して、でかいふたり組はパソコンの並ぶ講義室を後にした。


魚住の奇妙な症状は、日が経つにつれ軽減し、いまではほぼ治まっていた。

その間、同じ研究室の伊東に突然つつかれたり、響子《きょうこ》に背中を撫《な》でられたりして、さんざん遊ばれたが、被害としては空の試験管をひとつ割っただけですんだ。さすがに薬品を扱っている時に、そんな不埒《ふらち》な悪戯《いたずら》をしかける者はいない。

「ハハハ、まるで過敏症だね。即時型かな。アナフィラキシー起こさないでくれよ？」

濱田までそんなふうにからかう。

免疫学でいう過敏症は数種類あるのだが、有名なところではアレルギーもそうだ。アレルギーを引き起こす抗体をアレルゲンと呼ぶ。この場合、久留米がアレルゲンになってしまうのだろうかなどと、魚住はついバカなことを考えてしまう。本物の過敏反応は深刻だ。アナフィラキシー、つまり全身性I型過敏反応にいたっては、死をもたらす場合もある。

過敏症もどきが治まった頃、魚住は髪を切った。

以前から久留米にうっとうしいと言われていたし、伸び過ぎた前髪でいよいよ前が見えにくくなってきたのである。

「やだ。魚住さん、なんだか色っぽくなってるッ」

髪を切った日の夜に、るみ子と待ち合わせていた。顔を合わせるなり、甲高い声でそう宣言されてしまった。

「色っぽく？　短くしただけだよ？」

プロによって完璧《かんぺき》にスタイリングされた魚住が首を傾げる。短くしたのだから、少しは凛々《りり》しく、男らしくなったかなと期待していたのだ。だがその期待は外れまくったらしい。そういえば、マリに紹介してもらった担当の男性美容師も、

「いやぁ、うなじのあたり切ってる時、なんかドキドキしちゃいましたよ」

などと言っていた。

るみ子はじいっと魚住を観察しながら、

「短くしたら普通は硬派っぽくなるんですけどねェ。魚住さんの場合、首が露出したぶん、色気が増した感じ……鑑賞度ますますアップだわァ」

魚住は邪魔だった前髪をばっさり落とすつもりでいたのだが、それだと短くなり過ぎて雰囲気に合わないと美容師にアドバイスされ、ある程度長さを残したまま、横に流れるようにカットすることで落ち着いた。襟足はかなり切ったのですっきりと軽くなった。それによって細い首も、耳の下から顎《あご》へのやや女性的なラインも惜しげもなく晒《さら》されている。

「そんなに変？　この頭」

るみ子が慌てて、否定の意味で手を振る。

「全然変じゃないですよォ」

左手の中指にしている小さなルビーの指輪が光った。細い指に華奢《きゃしゃ》なアクセサリーがよく似合う。

「とてもお似合いです。うふふ、嬉《うれ》しいなぁ、こんな美男子とデートできて。久留米さんも来られればよかったのにね」

「うん」

久留米は現在パソコン研修とやらを受講中らしい。直行直帰で連絡が取れなかったとるみ子は言っていた。

「で、ええと、なんつったっけ、その、失踪《しっそう》しちゃって、見つかった友達」

「まーくん。文月雅彦《ふづきまさひこ》くん。家出た後もいろいろあったみたいだけど、いまでは立派なバーテンダーで、ほとんどお店任されてるみたいなんですよ。オーナーが恋人らしいんですけどね」

「二丁目ってことは、ゲイバーなのかなァ」

「基本そうだけど、紹介者がいれば女性も異性愛者《ストレート》もOKなんですって。カウンターだけの小さなお店みたいです」

るみ子のラズベリー色をしたコートと、魚住の白いブルゾンが並び、新宿《しんじゅく》通りを四谷《よつや》方面に歩く。るみ子はかなり小柄だが、ヒールのぶんだけ稼いでいるので、ふたりは身長差もちょうどいいカップルにも見える。

「このへん、もう二丁目みたいだよ」

「あ、ホントだ。ええと、ラミエールっていう雑貨屋さんのビルの隣の隣の……」

なぜか野良猫が多いが、人通りはさほど多くない。小規模なバーやクラブが多いこの一帯では、深夜になったほうが人出が増すのだろう。

「お店の名前は？」

「ブルークロス。ビルの三階ですって」

「ああ、あれかな」

魚住の細い指先が、古いビルの看板を示す。すぐ近くのビルだった。狭い階段を軋《きし》ませながら上がると、Blue Cross と刻まれた銅板がぶら下がっているドアに行き着いた。

開けると、小さなカウベルが鳴った。

「いらっしゃいま——るみちゃん！」

「きゃあああ、まーくん！」

るみ子が小さな身体を跳ねさせて、カウンター越しに青年の首に抱きついた。小さな猫が跳ねたような動きだ。

「うわぁ、うわぁ、すごい懐かしいなぁ。何年ぶりだろう？　なんかすっかり綺麗《きれい》になっちゃって、るみちゃん。ちゃんと顔見せて」

感動の再会を果たしているふたりは、かつて同級生であり、互いになんでも話せる唯一の友人だったと魚住は聞いている。ゲイだと家族にばれてしまった雅彦は、家を出たきり音信不通だったそうだ。

「今月の初めにね、偶然ここに来たヤツがやっぱり同じ高校でさ。そいつ、自分がゲイだって、社会人になってから目覚めたんだって。昔話になって、るみちゃんにすごく会いたくなったんだけど、僕はなにもかも実家に置いてきちゃったから。そしたらそいつ、卒業アルバム引っ張り出して、るみちゃんの就職先を調べてくれて……あ、ごめんなさい。なに飲みますか、ええと、」

「魚住真澄さん。あたしの先輩の、お友達なの」

「あ、同じ会社の人じゃないんだ。そうだよね、サラリーマンっぽくはないもんねぇ。ええと、モデルさんにしては線が細いし……アパレルにしては地味だし……」

「いや――まだ学生で……なんか弱いお酒あるかな」

るみ子と並んで腰掛ける。話の通り、十人は難しいかなという小さなバーである。

店内は薄暗いが、威圧感や排他的な雰囲気はしない。品良くウッディな雰囲気でまとめられており、魚住は木目のカウンターに落ちる自分の影を見つけた。

「じゃ、ロングカクテルをソフトに作りますね。お酒弱いんですか」

「弱いっていうんでもないけど……」

「魚住さんはね、お酒飲み過ぎると記憶なくなっちゃうんですってェ」

「うわ。それは危ない、特にこの界隈《かいわい》でそんなことになったら、魚住さんなんか身体がいくつあったって足りないよ」

雅彦は慣れた手つきでリキュールの瓶を扱いながら笑った。日本人にしてはややくどいといえる顔つきと、肩まで伸ばした黒髪がよく似合っている。るみ子は久しぶりに会った親友の顔を、ご満悦そうに眺めている。

客は魚住たちのほかに、カップルらしきふたり組がカウンターの端にいるだけだ。

しばらくはるみ子と雅彦の思い出話に花が咲き、魚住は聞き役に徹していた。もともとそう喋《しゃべ》るほうでもない。ただ、黙っているとついアルコールが進んでしまう。手首の状態はずいぶん良くなってきたが、るみ子の言う通り酒量が一定量を越えたところで記憶が飛んでしまうのが問題だ。しかも、雅彦が作ってくれるカクテルはどれも柑橘《かんきつ》系のフルーツベースで口当たりが良い。魚住には、かえってこういう酒が危ない。

三杯目の途中で体温の上昇を自覚し、雅彦に水をもらった。

るみ子が化粧室に立った時、なんとなく奥のカップルに視線を向ける。スーツ姿とカジュアルな装いのふたりが親密そうに顔を寄せて話していた。もちろん男同士なのだが、魚住はなんの違和感も得なかった。

むしろ、いいなァと思ってしまったほどだ。

「魚住さんは……」

「え？」

「るみちゃんの彼氏、っていうんじゃないですよね？」

「ああ、うん。違うよ」

「かといって、男に興味があるってわけでもない？」

雅彦が煙草をくゆらしながらそう聞いてきた。どう答えたらいいのか、魚住にはすぐに判断できない。

「興味、はないけど」

男に興味があるわけではない。が、今現在、恋している相手は縦にしても横にしても立派な男である。

「……なんか最近、混乱してて」

「混乱というと」

「あのさ」

グラスの氷が溶けていく様を眺めていた魚住が、フィと顔を上げる。

「はい？」

「この間……男にキスされたんだけど」

「あらら」

雅彦はさして驚く素振りもなく、微笑みながら灰を落とす。

「それって、なんなんだろう？　どういう意図でそんな行動をとったんだろう？」

「それはその人に聞かないと、わかんないですねえ」

魚住を見つめて答え、雅彦は笑った。

——そりゃあ、こんな顔してたら、男女問わず口説かれるだろうなぁ。

実のところ、そう思っていたのだ。最初に入ってきた時点で、魚住の整った容貌《ようぼう》に目を奪われていた。るみ子もずいぶんと綺麗になっていたので驚いたが、なんの手も加えていない男で、これだけの美形は滅多にいない。単に容貌が整っているだけではなく、纏《まと》っている雰囲気がまた独特で、見る者を捉《とら》えるのだ。

るみ子が自慢の彼氏を見せに来たのかと思ったのだが、喋っている様子からすると、どうもそういう雰囲気でもないので、先ほど確認したわけである。

「キスされて、嫌だったんですか？」

「嫌じゃなかった」

返事はとても早い。

「魚住さん、もしかしてその人のこと……好きなんですか？」

「……うん」

間接照明に照らされた魚住の横顔が、ほわんと染まる。

「相手の人、ゲイ？」

「違う」

「ゲイじゃないのに、魚住さんにキスした？」

「やっぱり、ふざけたのかな」

「お酒の席で、他にも人がいた？」

「いや。朝だったし」

「うーん。ノンケは酒でも入ってない限り、男にキスなんかしないんだけどな。それって、軽く、一瞬だけ？」

「……結構、濃いのだった」

魚住の顔がさらに紅潮する。雅彦はなんだかそれが妙に可愛くて、笑いを堪《こら》えるのに一苦労だった。本人は大真面目なのに、ここで笑ったりしたら、話をやめてしまうかもしれない。

「じゃあ、簡単ですよ。その人、魚住さんを好きなんだ」

「すき？」

「そう。とても好きだから、キスしたくてしたくてどうしようもなくなって、とうとう、我慢できなくなって、した。好きな人にはキスしたくなるでしょ、人間は」

魚住は自分の耳を引っ張る。ちょっと子供っぽいその仕草は、考える時の癖なのかもしれない。

「魚住さんは思わないんですか、その人に触れたいとか」

「思うよ。おれは、思う。でも………あいつが同じように思っているとか……考えたこともなかった。……あのさ。おれ、ときどき不思議なんだけど」

「はい」

「どうして、みんな、ほかの人の気持ちとか……わかるんだろう？」

そこまで言ったところでるみ子が戻ってきた。

「なあに？　なんの話？」

ひらり、とスツールに腰掛ける。カールした髪が揺れて、ほんのり甘いヴァニラの香りがする。雅彦は「魚住さんからの素朴な疑問が提示されたところ」と答えた。

「どうしてみんな、他人の気持ちがわかるんだろうって」

「あら。あたしわかんない時のほうが多いけどなァ。それでずうっと苦労したし、いまだってしてるよ」

「でもおれから見ると、みんな、なんにも言わなくても、ある程度わかりあってる感じがするよ……うん、そう。子供の頃から、そんな感じ」

「子供の頃ですか？」

雅彦はるみ子に新しい水割りを渡す。

「そう。なんだかおれだけ、外国人みたいに、周りとの意思の疎通が上手《うま》くいかないの。でもまあ、そんなもんかと思って生きてきたから、ずっと忘れてたけど」

「ううん、魚住さんは、なんていうか、ちょっと思考回路がオリジナリティに溢《あふ》れ過ぎてるとこがあるからなー。そこが魅力なんだけど」

るみ子の言葉に雅彦は同意する。少し話しただけだが、魚住の持つ独特な雰囲気は魅力的だった。物静かで、素直で、無垢《むく》な印象なのに根底には複雑さも抱えている——そんなふうに感じられた。ポッキー食べます？　と尋ねるとちょっと嬉《うれ》しそうに頷《うなず》くところも可愛い。

「結局、他人の考えてることなんて、本当のところは本人にしかわかんないんだけどね。まあ、だから、実は想像しているだけなんだろうな、みんな」

大振りのワイングラスに砕いた氷を敷き、そこにざくりとポッキーを入れながら雅彦が言った。るみ子も、ああそうかもしれないわね、とグラスを揺する。

「想像？」

「そう、つまりね、自分に置き換えて想像するの。自分だったら、どう思うかな、どう感じるかな、って。わりと基本よね、社会生活の。自分がされたらイヤなことは、他人にもしちゃいけないっていうルールの根元だわ。想像力がないと、このルールって成り立たないのよ。他人の痛みを想像できない人って、残酷になれるでしょう？」

「るみちゃんの言う通り。だから、魚住さんも想像してみればいいんですよ。その人が、なぜあなたに、そんなことをしたのか。魚住さんだったら、どんな相手にそんなことをするのか」

雅彦は自分もポッキーを齧《かじ》って悪戯《いたずら》っ子のような笑みを見せる。

「そんなこと、って？」

るみ子が聞いた。

「それは、魚住さんと僕との秘密」

「うそ、ズルいっ。教えてよぉ、ねぇ、魚住さん？」

「だ、だめ。ごめん」

身を乗り出さんばかりのるみ子に対し、自分はスツールから落ちそうに腰を引いて魚住は首を横に振っている。恐らく、魚住の好きな相手はるみ子も知っている人物なのだろう。恋の悩みなどというのは、初対面でよく知らない相手のほうが、話しやすかったりするものなのだ。

その後しばらく拗《す》ね続けたるみ子だが、やがて雅彦がお詫《わ》びにボトルを一本サービスするよと言ったのを機に、その件については不問にしてくれた。

「ひとつ貸しですよ魚住さん。また来てくださいね」

帰り際耳元でそう囁《ささや》く。魚住は苦笑いを見せ、小さく頷いた。

3

「久留米さん、ひと目惚《ぼ》れって、経験ありますか」

すでにボトル半分の水割りを空けている三鷹の問いに、久留米が即答した。

「ない。ないないない。そんなおまえ、少女漫画じゃないんだから」

今夜封を切ったボトルが空になりつつある。つまり半分は久留米の胃の中に入ったわけだ。

「最近じゃ、少女漫画でもそんな展開はあんまりないらしいですよ?」

笑いながら新しい氷を用意しているバーテンダーが言った。ボウタイをしているわけではないのだが、白いシャツに黒いズボンのシンプルな服装とそのシェイカー使いは、久留米から見るとバーテンダーにほかならない。もっとも店にはこの男しかスタッフはいないらしく、彼はつまみも作るし、洗い物もする。

金曜日だが、客は久留米たちだけだった。

十人も入ればいっぱいのバーであるから、ふたりでもさみしい感じはしない。三鷹の話では、混み始めるのは深夜からだという。

久留米は初めて訪れる店である。

本日めでたく、パソコン研修が終了した。三鷹と飲むのは二回目だ。

ボトルキープしてある店があると言うので、くっついてきた。新宿駅からはちょっと歩くが、まあ帰りの酔い覚ましにはちょうどいいだろう。

「ひと目で惚れるってことはさ、相当な美人なわけか？」

バーテンダーが出してくれたナッツを摘《つま》みながら久留米が聞く。

「え」

「ひと目惚れの相手だよ。アレだろ、おまえ、実は恋愛相談したかったんだろ？　前回も、なんか言いたいことがあるのに、言いだせないって様子だったもんなぁ」

「えっ。うわ。なんで」

わかりやすい男だ。大きな身体があたふたしている。

「顔に出てんだよ。そういう色恋沙汰《ざた》には鈍感なおれが気がつくくらいだからなァ。行き詰まってんのか？」

「行き詰まってるんですよ」

答えたのはバーテンだった。

「事情、知ってるんだ？　ええと……」

バーテンに視線で名前を尋ねると、文月ですと落ち着いた声が返ってきた。年は久留米と同じくらいか、やや下に見えるが、それにしては所作が落ち着いている。オッサン臭いのではなく、いい意味での落ち着きだ。実際歳上で、単に若作りなのだろうか。

「僕と三鷹はね、高校が同じだったんです」

「へえ、同級生?」

ということは、やはり自分より若い。水商売というのは、人の内的成長を早めるのかもしれない。

「いえ、クラスは違ったし、再会したのは、最近なんですけどね。以来、もうずっとその想い人の話ばかりで。なんでも、えらく綺麗《きれい》な人らしいですよ」

「そうなのか?」

その問いに、酒のせいだけではなく顔を赤くした三鷹が答える。

「き、れいですよ。あんなに綺麗な顔って、おれは初めて見ましたよ。でも、自分ではそれに全然気がついていないみたいなんです。なんだか、無頓着《むとんちゃく》な人みたいで。この間なんか、服にクリーニングのタグつけたままだし」

どこかの誰かみたいだなと思った。ジャケットについたままのタグ——久留米はわざと教えてやらないで、魚住がいつ自分で気がつくか試してみたことがある。一か月後、このぶんでは一生気がつかないかもしれないとわかって、教えてやった。

「そんなふうなんだけど、でも優秀らしくて。一部ではすごく評価が高いみたいなんです。おれも、又聞きなんですけど……」

同じ会社の女なのかと聞こうかと思ったが、少し考えてやめておいた。こっちがいろいろと詮索《せんさく》するよりも、三鷹の好きなように喋《しゃべ》らせてやったほうがいいだろうと判じたのだ。

「とにかく、おれは遠くから見てるだけで精一杯で……いわゆる、高嶺《たかね》の花、です」

ぽつりと三鷹が呟《つぶや》きながら、新しい水割りを作りだした。久留米のぶんである。それでボトルが一滴も残らず空いた。

「おまえね、三鷹。なんのアクションも起こさないうちからそれって、情けないぞ、あまりにも」

「なんの、ってこともないんですけど。こないだ初めて、チラッと会話して」

「おや。進展したんだ？」

文月が新しいボトルの封を切りながら煽《あお》る。

「怪我してたみたいだったから、大丈夫ですかって言いたくて。でもダメだったよ。あの顔を近くで見ただけで緊張しちゃって……途中で邪魔も入っちゃったし」

「少しは話せたんだろ？」

三鷹は久留米を横目で見て頷き、またすぐに溜息《ためいき》をついた。大男の溜息というのは、なんともうっとうしい。

「で、どんな反応だったんだよ、相手は」

「返事はしてくれたけど。心ここにあらず、って感じでした。でもいつもそんな雰囲気の人なんですけど」

「変な女だな」

「……まあ、ちょっと変わった人ですから」

「でも好きなんだろ」

「はい。なんか――いっつも残像がこのへんにあって」

三鷹が自分のこめかみあたりを指で示す。

「滅多に、笑ったりしない人なんですけど……おれの隣で、いつも笑っていてくれるようになったら、どんなにいいかなとか考えちゃって……なんだろう、この気持ち。相手になにかしてほしいっていうんじゃないんですよ。いろいろさせてほしい、みたいな」

「なんだ、おまえって尽くすタイプか」

「そうなのかもしれないですね……実は、去年姉ちゃんが結婚したんですけどね」

「おまえの姉ちゃん？」

煙草を銜《くわ》えたら、三鷹が火をつけてくれた。たまたまライターを弄《もてあそ》んでいたせいもあるのだが、なにかと気のつく男である。

「はい。うちって、両親が離婚してるんですよ。で、おれが中学の頃から十歳上の姉貴とふたり暮らしだったんです。まあ、なにかと問題のある親だったもんで。姉貴はそのへんの男より男らしい女で、働きながらおれを大学まで出してくれたんですけど」

「いい姉ちゃんじゃないか……もしかして姉ちゃんも、でかいの？」

全然関係ないのだが、つい聞いてしまう。

「でかいですね。一七七だったかな」

思い出すように三鷹が答える。

「姉ちゃん、すごく働くし、いい女なんですけど、家事がまったくできないんですよ。姉ちゃんが飯を作ると、台所がハリケーンが通った後みたいになるんです」

「ハリケーンかよ」

久留米が笑う。

「誇張じゃないですよ、これって。もう、頼むから、家のことはしないでくれって土下座したくなります。実際、家事は全部おれがやってたんです。炊事洗濯掃除に買い物家計簿付け、得意なんですよ」

ふー、と酒臭い息をついて三鷹が長くもない前髪を掻《か》き上げた。

「おれ、世話焼くの好きなんです、もともと。なんかこう、フワフワと不安定な人見てると、あれこれしてあげたくなるタイプなんですね、きっと」

「いやぁ、今時珍しい。嫁にしたくなるぞ、三鷹」

久留米のからかいに、怒ることもなく情けない顔をして、三鷹はゴツンとカウンターに伏した。

「あれあれ。飲み過ぎたかな？　ほら」

文月が冷たいおしぼりを三鷹の顔のそばに置く。潰《つぶ》れたわけではないらしい。すぐに顔を上げ、おしぼりを自分の額に当てながら嘆く。

「あー、世話焼きたいんですよー、マジで」

腕時計をチラリと見ながら、第三者ながらの気楽な声で久留米は言う。

「やってみりゃいいじゃねぇか」

「ええ？」

「べつに嫌われてるってんでもないんだろ。とりあえず勝手に世話焼いてみれば？　そういうのが好きな相手だったら上手《うま》くいくだろうし、イヤなら、それはそれで答えが出るだろ」

「どう世話焼くって言うんですか。手作り弁当届けろとでも？」

「あ、それ。いいかも」

久留米と文月が同調《ハモ》って言った。久留米は半ばふざけて言ったのだが、酒の入っていない文月は真面目らしかった。

「だって、わかりやすいよ。気持ち悪いって言われればそれまでだけど。でも三鷹のやりたいことって、そういう世話焼きなんだろ実際。いきなりコレ食べてください、じゃやり過ぎだろうから……サンドイッチでも多めに作って、余ってもナンだからとか言って渡すとかさ。出来が悪ければどうしようもないけど、おまえの場合、料理上手いんだから効果あるかもしれないぞ」

　これを聞いて久留米は、ああやはり社内恋愛なんだなと勝手に納得した。

　ランチという共有時間があるのなら、使えるワザかもしれない。普通は女が男に作ってくるのだろうが、その逆だからこそインパクトがあるという見方もできる。男だろうと女だろうと、料理が上手い人間は尊敬に値すると、最近の久留米は思う。

三鷹は、なにかごにゃごにゃと口の中で言っていたようだが、久留米はこのへんでひと足先に店を辞する。

「すいません、久留米さん、遅くまで愚痴聞いてもらっちゃって」

「面白かったから許す。また電話してくれよな」

「はい」

三鷹も泥酔というほど乱れてはいない。家事万能でも、体育会系である。酒には強い。

「よかったら、また、おひとりでもどうぞ」

帰り際、濃い顔なのにしつこさはない笑顔で、文月が店のカードを渡してくれた。


荏原《えばら》響子が就職する。それを濱田から聞かされた時、魚住はひどく驚いた。

「ごめんね魚住くん。なんか言いにくくて」

「それは、いいんだけど……」

あと一年で博士課程を終えるはずの響子である。就職を希望しているという話は聞いていなかったし、ここまできて大学院を辞めてしまうのはもったいない。

「なんか、送別会とかヤなのよ……そんなことされたらあたし泣いちゃいそうで。わざとギリギリまで黙ってたの。ズルイね」

今日、響子は残った荷物を取りに大学まで来ていた。

「……製薬会社に行くんだって？」

三月も終わりに近づき、春の気配が濃くなってきた土曜日である。大学の中庭を、魚住と響子は歩いていた。

「うん。そこの開発研究部門に空きができてね。母の知り合いの会社なの。もともと母はあたしが博士号《ドクター》取るの反対してたから……女の子が頭良くなり過ぎると、ろくなことはないって。笑えるでしょ。時代錯誤もいいとこなんだけどね。自分だって離婚してるんだから、女の自立にもっと理解があってもよさそうなもんだけど」

響子の両親が離婚しているのは、なんとなく聞いた覚えがある。だが明瞭《めいりょう》な記憶ではない。かつての魚住の無頓着《むとんちゃく》は徹底していて、自分の彼女の言葉すら右から左の有り様だったのだ。悪気はないのだが、忘れてしまう。

「もっと一緒にいたかったな」

「そのセリフ、つきあっていた頃に聞きたかったわ」

昔恋人だった女《ひと》が笑う。

その笑顔がどこか悲しそうで、魚住は黙してしまう。

嫌いになって別れたのではない。柔らかく抱きしめてくれる腕が、魚住は好きだった。

しかし、それが絶対に響子の腕でなければいけなかったのかと問われれば、魚住には答えられない。そんな状態であったから、別れを切り出したのも響子からだった。

「ねえ、大学辞めてもあたしと遊んでくれる？」

「うん。遊んであげるよ。……っていうか、おれが遊んでもらうのかな？」

「やだ、魚住くんてば。でも、そうかも」

今度は本当に可笑《おか》しそうに響子が声を立てる。

「あーあ、もうすぐ社会人かぁ」

「大変だね。久留米みたいに働くんだ」

「そういえば久留米さん、花粉症はどうなのかしら」

「あ、今年は前もって薬飲んでるはずだから」

花粉症持ちの久留米に、早めから投薬しておくとずいぶん違うはずだからと連絡したのは、キス事件の少し前だ。

あの後は、どうも連絡しにくくて電話もかけていない。かかってもこない。三週間も音沙汰《おとさた》がないわけだ。魚住としては会いたくないわけではなく、むしろその逆なので、突然来てくれないかなぁなどと、ぼんやり待っている。

桜の蕾《つぼみ》が膨らんでいる。

昨日あたりから急に暖かくなった。来週には開花しそうだなと魚住は思う。

「お昼、なにか買ってきたの魚住くん」

「カップ麵《めん》」

「また？」

「練習してるの。汁飛ばさないで食べる」

ふたりは空いている学食の一角に座った。大学の春休みは長いので、まだ学生たちは出てきていない。魚住のちょうど対角線上に座っていた人影が、立ち上がったのが見える。背が高い。こちらに向かって歩いてくる。

「あれ。えと。明良くん、だっけ」

珍しく、名前を覚えていた。

「こ、こんにちは。……髪、切ったんですね」

「うん」

「あ、失礼、します」

明良は響子にもきちんと会釈をする。

「うわー。大きい人ねー」

目を見開いて挨拶《あいさつ》を返した響子は、あ、と小さく呟《つぶや》き、

「あなた、夏にやった実験に協力してもらったわよね？」

そう続けた。

「はい。バスケ部のOBですから」

やや安堵《あんど》したように、明良が答える。

「実験？」

「やだ、魚住くんもいたでしょ」

思い出せなかった。どうして免疫学の実験にバスケ部が関与するのか。

「ほら、一緒に保健衛生講座のお手伝いしたじゃない。NK細胞量の調査」

「あ。あれか」

やっと思い出した。運動を定期的にしている学生と、たまにしている学生、ほとんどしていない学生、その3グループの免疫的抵抗力の差を調べた実験である。つまり身近な学生たちに血を提供してもらったわけだ。

「へえ。あの時、いたっけ？　ええと、明良くん」

「いました。魚住さんのいた机で、採血したんです」

「ふーん、そっか」

でもやっぱり、覚えていない魚住である。

「それで？」

「え？」

「なにか、おれに用があるんじゃないの？」

「いえ、あの。用というほどでもないんですが、たまたま見かけたので、その……」

「ねぇ、それ、なに？」

明良がしどろもどろしているのには関知せず、魚住は彼が持っている包みを注視した。

なんとなく、中身が食べ物のような気がしたのである。最近めっきり意地汚くなったと久留米に評される、魚住の勘である。

「サンドイッチです」

「ふうん。さんどいっち」

お菓子を見つけた子供みたいな顔になった魚住を、響子が笑う。

「あはは、魚住くん、お腹空《す》いてるから」

「あの、これ、よかったら」

明良が包みを差し出す、というよりは突き出す。

「でもこれきみのでしょ？」

小首を傾げて魚住が問う。幼稚園児が先生にものを尋ねているようでもある。

「いえっ。多く作り過ぎちゃって。誰か知ってる人が来ないかな、と思ってたところなのでっ。ほんと、よかったら。あの、それで、不味《まず》かったら、そのまま捨ててください。かまいませんから。じゃ、おれ、練習あるんで、失礼しますッ」

大きな身体が俊敏に動いた。ディフェンスを振り切るかのような勢いで、あっというまに学食から姿を消してしまう。

テーブルの上には、綺麗《きれい》な包装紙に包まれたサンドイッチが残されている。

「……魚住くん、いまの彼と仲良し？」

「ううん。まともに口利いたのは初めてだ」

「とりあえず、開けてみよっか」

「ウン」

響子が包みを開け始める。

「うわ。丁寧に包まれてる……手作りよ、これ。あっ、イタリアンパセリ。ああっ、ちっちゃいキュウリとカリフラワーのピクルスまである〜。本格的だわ。いやぁ、パンはクルミと黒ゴマ。すっごく、すっごく、美味《おい》しそう……」

いちいち感激しながら響子が観察している。その豪勢なサンドイッチは魚住から見ても見事な出来映えだった。アメリカに行った時、向こうの研究者たちに同行して滅多に入れない高級ホテルでミーティングをしたのだが、その時に出てきたサンドイッチに似ている。

「よかったなぁ、お昼代浮いて。カップ麵は取っておけるし。いっぱいあるみたいだから、響子ちゃんも一緒に食べようよ」

「いいのかしら」

「なんで？　だって余ったぶんだって言ってたじゃない」

なんの疑問も持たずに、その言葉を鵜呑《うの》みにしている魚住だが、さすがに響子は違和感を感じていた。いまの明良という青年は、魚住を待っていたのではないか。このサンドイッチを渡すために。

——でもなんでかしら？

そう考えながら、魚住を見つめる。

「魚住くん、いまの人に、なんか恨み買うようなことした？」

「は？　なんで？　恨みって？」

「ああ……いいの。ごめん。これになんか毒物が入ってるなんて……ないわよね。そんなことしたって、犯人バレバレだし。ということはただのサンドイッチ。ただのとても美味しそうな、心のこもった手作りの……」

やっぱり、あれしかないかなぁ、と響子は再び魚住を見る。ちょうど一度席を離れて、自動販売機に飲み物を買いに行っているところだった。

「響子ちゃん、コーヒーでいいのー？」

「あ、うん。ミルク入りにして」

「はァい」

魚住の後ろ姿。

年末から年明けまでの、凄惨《せいさん》なほどにやつれていた時期より体重は二、三キロは増えているだろう。それでもまだ細い。白衣に隠された腰のラインは少年めいて、響子ですら意味もなく触りたくなるほどである。おまけに髪を切って男らしくなるどころか、余計に悩ましくなってしまった。

——あれは魚住くん目当てよねぇ、どう考えても。

そういう結論に辿《たど》り着く以外ない。

もしいまの明良という青年が、自分でこれを作ってきたのだとしたら、なんとも微笑ましくも真摯《しんし》な態度である。自分が不用意な発言をするのも、明良に気の毒な気がして、とりあえず黙っておく。いずれにせよ、よくできたサンドイッチだ。響子は思わず解剖の要領で中身のチェックまでしてしまった。ハム、レタス、ツナにオニオン。サーモンにはちゃんとケイパーまで添えてある。唸《うな》るしかない。

「はい、コーヒー。おれは牛乳、と」

「あ、ありがとね」

「ん。さ、食べよ食べよ？　いただきまーす」

このサンドイッチの意味するところにまったく気がつかないまま、魚住は無心にかぶりつく。口からレタスがはみ出している。

お相伴に与《あずか》りながら響子は、

——でも濱田さんには報告しちゃお。

などと思い、ひとりでにやついてしまったのだった。

動物ならば餌《え》づけもできるが、人間にそんな真似が通じるはずがない。

そう思って、実行直後から激しく後悔していたのに、なんと魚住には通じてしまったようだ。サンドイッチを渡した翌々日、月曜だが代休を取っていた明良が大学を覗《のぞ》きに行くと、食堂にいた魚住はいままで見せたことのないような笑顔を披露してくれた。

「すごく美味しかったよ。あれ誰が作ったの？」

「あの。おれです」

子供っぽいのに、なぜだか艶《つや》っぽさも感じる笑みに見蕩《みと》れながら答える。

「料理上手《うま》いんだ？」

「もう、趣味みたいなもんです」

「いいよな。おれの友達にも男で料理の上手い奴いるけど、いろいろ作ってくれるのいつも楽しみなんだ」

「……あの。よかったら今度なにか御馳走《ごちそう》させてください」

拒絶されるのを覚悟の上で、心臓を爆走させながら言った一言なのだが、魚住は実にスルリと受け入れる。

「ほんと？　いいの？　あのねぇ、おれね、最近アレ好きなんだよね」

「あれ？」

名称が出てこないらしい。

魚住は自分の眉間《みけん》を擦《こす》りながらウーンと唸って考えている。

「イタリア料理かなぁ。でかいフライパンでさ。エビとか貝とか載っててさ。なんかゴハン黄色いの。独特な匂いがすんの」

「……パエリア？」

「あ、そうそう。それそれ。あれはすごく美味しいと思った」

どうやらこの美貌《びぼう》の男は、かなり食いしん坊らしい。手作り弁当のアドバイスをくれた友人に、心の中でありがとうと叫びながら、明良は魚住に言った。

「パエリアはスペインのバレンシア地方の名物ですね。作れると思いますけど、サフランがないなぁ。ムール貝も必要だし……でも、あの、すごく美味《うま》いパエリアを出す店は知ってます。も……もし、今日とか時間あったらお連れしますけど」

「夕方には空くよ。六時かな」

やったっ！

思わず拳《こぶし》を握りしめる。

「じゃあ、それくらいにまた来ます。ええと、あの、おれのケータイの番号言っておきますね」

「あ、じゃ、おれも」

互いの番号を交換する。明良は足踏みしたくなるくらい嬉《うれ》しかった。足踏みどころか、踊れと言われればフラメンコでも踊りだしたいくらいだ。それが顔に出ないようにするのは大変だった。

「あれ。ストラップ、なんで同じのをふたつつけてるんですか？」

魚住の携帯電話には、有名なテーマパークのキャラクターを使ったストラップが二本ついていた。

「ああ、うん……ちょっと預かってる。そろそろ、渡さないといけないな」

そう呟《つぶや》きながら、細い指先が明良の電話番号を登録する。見ているだけで胸が高鳴る。上手くいき過ぎて怖いくらいだ。

番号を確認し合うと、魚住は研究室へと戻っていく。

六時までが千年くらいに思えた。店に電話予約を入れ、着替える必要もないのに服も替え、ついでに靴まで新品のスニーカーをおろした。

並んで街を歩けるのだと思うと、夢みたいな気がして、夢ではないと確かめたくて、明良は何度も携帯電話に記録した魚住の番号を眺めていた。

4

「へえ、あいつ、デートしたんだ」

「ええ、食事に行ったらしいですよ。スペイン料理」

初めて来てからちょうど一週間後、久留米は文月の店に立ち寄った。ひとりで飲みに行くことは稀《まれ》だが、なんとなく話し相手が欲しい気分だったのだ。かといって会社の人間を誘うと、仕事の話ばかりになってしまう。

「手作り弁当がうまくいくとはなぁ。食い物に弱い相手だったんだな」

ビールをついでもらいながら久留米は笑う。

「三鷹は料理得意ですからねぇ。次あたりは自分の部屋に誘うんじゃないかな。手料理をだしにして」

「そうなると話が早いな」

「ええ。片想いが実るといいんですけど……。あ、いらっしゃい」

カウベルの音と共にふたり組の男が入ってきた。

ひとりは背広姿で、久留米より若干年上に見える。もうひとりはまだ学生のような雰囲気だ。ふたりは久留米をちらりと見た後、カウンターの奥に腰掛ける。

「僕のボトル、まだあったよね？」

背広姿のほうが聞くのと同時に、文月がウィスキーボトルを探し出した。

「ありますよ。久しぶりですね」

「ねえ、雅彦さん、かっこいい人来てるじゃない」

学生風の青年がそう言って久留米に意味深な視線を寄越《よこ》す。雅彦とは文月の下の名前なのだろう。

「ああ、ダメですよ。こちらの方は違うんです」

穏やかに微笑んで文月が答えた。違う、とは自分のことだろうか。なにがどう違うのか、久留米にはわからない。

「おまえね、いい男見るとすぐ気を逸《そ》らす癖をなんとかしなさいよ。まったく、しょっちゅうこれだもの。雅彦さんもなんとか言ってやってよ」

学生風の連れを軽く睨《にら》みながら、呆《あき》れた調子で背広姿が言う。文月は、

「惚気《のろけ》にしか聞こえませんよ、僕には」

と笑い流してこちらに戻ってきた。

「実はね、久留米さん。三鷹に頼まれていることがあって。自分からは言いにくいから、僕から伝えてほしいと」

「おれに？　なに？」

文月は空いてしまったビール瓶を片づけながら、少しだけ言いづらそうな顔をする。

「あいつとしては、この店に連れてきたこと自体が告白のつもりだったわけですが……。

でも久留米さん、気がつかなかったみたいですから」

「なんの話だ？」

「いまもまだ気がついていないんでしょうね、たぶん。要するに、ここって普通のバーじゃないんですよ」

「は？」

文月が声を低くして「いわゆる、ゲイバーです」と続けた。

「……え。そうだったの？　あ、そうか、ここ二丁目か」

久留米はくっきりした眉《まゆ》を少しだけ動かした。文月は予想していたよりも驚かない久留米を見て、意外そうな表情を見せる。

「久留米さん、そういうのは平気ですか」

「ああ。べつに」

べつに、どころかいま自分の想い人は男である。どんなに美形だろうと、正真正銘の男だ。もちろん、ここでそんな話をするつもりはないのだが。

「それはなによりだ。ノンケの人や、女性でも理解ある方なら歓迎しますから、うちの店は。ただ、三鷹は、そっちなんですよ」

「じゃ、相手も」

「そう。片想いの相手は男なんです」

「なるほど、そういうことだったのか」

作ってもらったばかりの水割りに口をつけながら、今度はやや驚いた。

つまり、野郎が野郎に手作り弁当を差し入れたというわけだ。それは絵的に、ちょっと珍しいかもしれない。だが自分にしても、しょっちゅうサリームの手料理を食べているのだから大差はあるまい。弁当だからヘンということもないのだと思い直した。

「あいつが会社絡みの人をここに連れてきたのは初めてなんですよ。久留米さんを信頼してるんでしょうね」

「こないだ久しぶりに会ったばっかりだぜ？」

「時間の問題じゃないですよ。久留米さんてマイノリティへの偏見がないっていうか……無頓着《むとんちゃく》、なのかな？」

当たっている。久留米の場合、単に無頓着なのだ。

いままで同性愛など自分には関係のない世界だと思っていたので特にそうだった。深く考えたりする必要もなかった。しかし、ここしばらくは状況が違う。

「あのさ」

「はい」

「その……こんなこと聞くのはルール違反だったら、そう言ってほしいんだけど、男同士ってのは……ええと」

聞きにくい。

なんでそんなこと聞くのだと言われたらどうしよう、などと考えてしまう。

「その、方法っていうか」

「セックスの？」

はっきり言われて久留米のほうがまごついてしまった。決して興味本位で聞いているわけではないのだが、いきなりそっちの『方法』の話では、そう取られても仕方ないだろう。

「男女と同じですよ。相手の反応を見ながら、相手が気持ちいいだろうと思われることをしてあげる。イニシアチブはどっちが取ってもいい」

気分を害した様子もなく、文月が説明する。

「まあ、後ろを使う場合はちょっと特殊ですけどね。知識も必要だし、ちゃんと準備しないと怪我をする。向き不向きもあるし。でもこれも男女でも、する人はするから」

「そ、そうか……」

グラスを一気に干してしまった久留米を、文月がじっと見つめた。そして声を低くして、「試したいなら、紹介しますよ？」と囁《ささや》いた。

「いや、違う。違う、っていうか、いいんだ。そういう意味で聞いたんじゃない」

「なァんだ」

残念そうな声だった。思わずその顔を見ると「なんなら、僕で試してもらってもよかったのに」などと笑う。返事もできない久留米に冗談ですよと、新しい水割りを渡してくれたが、果たしてどこまで冗談なのか久留米にはわからなかった。

「またそんな顔して。ほんとに冗談ですってば。それに、僕はちゃんとステディな相手がいる間は、浮気や遊びはしないんです。男ばかりの世界ですから、奔放な人も多いんですけど、僕は性格的にダメでね」

「奔放？」

「それこそ、何人と寝たかわかんない、っていうような。女の子口説くみたいな時間と手間はかかりませんから。男同士だと、身体だけの関係に罪悪感もない」

「はあ……そんなもんなのか」

「女の子がよく、アタシをあげる、とか言うでしょう。つまり女の子は知っているんでしょうね。自分の身体に価値があるって。自分自身とはまた別に、身体についてまわるモノ的な価値。人間同士が抱き合うのに、あげるも奪うもないと僕なんかは思うんですけど。もちろんそれは女の人が狡猾《こうかつ》なんだって話じゃなくて、社会の在り方のせいですね、残念ながら」

久留米は深く考えたことがなかったので、ただ頷《うなず》くしかできない。

「でも男同士だと、あげるとかなんとか、そういうのはないんです。あげたからって、結婚できるわけじゃないし。単に気持ちいいからする。シンプルで、即物的ですねぇ」

苦笑しながら、文月は続ける。

「僕の場合、まあ身体だけの関係が一回もなかったわけじゃないけど……最近は相手への気持ちが伴っていないと、結局虚《むな》しくなってしまうんですよ」

それはなんとなくわかる気がする。

久留米の場合、玄人の女性相手だとその後なんだか虚しくなるのだ。出張先で強引にそういう店に連れていかれる場合も稀《まれ》にあるのだが、あまり楽しめない。が、全然楽しくないわけでもないあたりに、自分の男としての業を感じたりもする。

「ふうん……そうか……」

「好きな相手と寝たいのはナチュラルな欲求でしょう？　たとえ同性同士でも」

それである。そうなのだ。

そのへんは最近とても納得できる久留米である。

酔いの回ってきた頭に、魚住の顔が浮かぶ。行きにくくなったまま一か月も見ていない、あの綺麗《きれい》な顔を。

日曜あたり、行ってみようか。

なにもなかったような顔をして……そんな顔ができるかどうかはわからないが。ふたりで美味《うま》いものでも食べに行くのはどうだろう。魚住が下手くそな箸《はし》使いで、一生懸命食事をしているのを見るのは楽しい。ガキみたいだと思いつつも、胸のあたりが温かくなってくる。

帰り際、文月が紙袋を渡してくれた。

「こんなものがあったので、ご参考までに。不要でしたら捨ててください」

なんだろう、と電車で袋の中身を取り出しかけた久留米は、慌てて再び押し込んだ。

そういう専門誌だったのだ。

どんなつもりで文月がこれを寄越《よこ》したのか、久留米としては悩めるところではあったが、とりあえずは鞄《かばん》の奥深くにきっちりしまって咳払《せきばら》いをした。


日曜日は晴天となった。

アパートの窓から見える水路沿いの桜が開花している。まだ一分咲きといったところか。春というと久留米の中では桜より花粉であり、浮かれてなどいられないわけであるが、今年はずいぶん楽だ。薬の力は大きい。

久留米が魚住のマンションに行ってみようとアパートを出た途端、階段の踊り場でその当人に出くわした。

「あ」

「なんだおまえ来たのか」

「久留米……でかけるの？」

「いや。でかけなくてもよくなった」

でかける目的のほうがこちらにやってきたのだ。以心伝心とかいう言葉はこういう時に使用するのだろうかと思ったが、いちいち口にはしない。

「あのさ……もし時間あるんだったら、一緒に墓参りに行かない？」

薄手のコートのポケットに手を突っ込んだまま、魚住がやや上目遣いに言う。髪を切ったらしい。久留米が密《ひそ》かに気に入っている、無垢《むく》な獣の子を思わせるその目が、よく観察できるようになった。

「墓って」

「南雲《なぐも》先生から電話があって……さちのちゃんの菩提寺《ぼだいじ》を教えてくれた」

「ああ」

年末に突然の事故で亡くなった少女は、魚住の目の前でトラックに撥《は》ねられたのだ。小さな、痩《や》せた少女だった。まだ中学生だった。久留米は一度だけ会ったきりだが、魚住は親しかった。だが葬式には行ってはいないのだろう。魚住自身がそんな状態ではなかったからだ。

「いいぜ。遠いのか？」

「いいや。京王《けいおう》線沿線だから、そんなには」

古いアパートの階段がやかましい音を立てて、ふたりぶんの体重を非難する。手すりもすっかり錆《さ》びていて、触るのが躊躇《ためら》われるくらいだ。

「おまえね、すぐ転ぶんだから、ポケットに手を入れて歩くなよ」

「あ、うん」

魚住はいつもと変わりなく、フラフラと不安定に歩く。時折肩がぶつかると、ちょっと驚いたように竦《すく》む。あまり久留米を見ようとはしない。もっとも久留米にしても、魚住とまともに目を合わすのはどうにも照れくさい。

黙ったまま、電車に乗り込んだ。

小さなその寺には、一時間弱で到着した。

老齢だがしゃんとした住職が案内してくれる。まだ新しい花が供えられた墓まで行くと、合掌とともに一礼して去っていった。

この下に、さちのが眠っている。

それが久留米は不思議だった。あの少女が死んだという現実を、いまだに納得できないのだ。頭ではわかっている。喪失感もある。けれど心の隅では、いつかまた道ですれ違いそうな気がしている。どこか魚住に似た小さな少女に。

けれどそんなことは絶対にないのだ。

死んでしまう、とはそういうことだから。

魚住がポケットを探り、携帯電話を取り出す。ストラップをひとつ外した。捨てるに捨てられず、今日まで自分でふたつつけていたものだ。これを渡しに行った魚住の目の前で、さちのは逝ってしまった。魚住が買ってやった、さちのの携帯電話はどうなったのだろう。それもトラックに、無惨に潰《つぶ》されてしまったのだろうか。

魚住は屈《かが》み込んで、ストラップをそっと墓の前に置く。

「お揃いで買ったのに、渡せなかったね」

なにも語らない冷たい石に向かって、そう呟《つぶや》いた。

久留米は線香に火をつける。少しくすんだ春の空に、白い煙が上っていく。空に還《かえ》るように上っていく。

魚住はとても静かに泣いていた。

肩が震え、涙は地面に落下して小さな染みを作った。

さちのが死に、一時期魚住は自分を失った。自らの手首を掻《か》き切り、死のうとした。そして初めて久留米の胸で激しく泣いた。その夜からあとも、ひとりで何度も泣いたのかもしれない。いくら泣いてもさちのが戻るはずもない。泣くのはさちののためではない。魚住自身が生きていくために、泣くことが必要だったのだ。

久留米は魚住が好きなだけ泣けるように、少し後ろに下がり、黙って待っていた。


帰りは一緒に買い出しをして、そのまま魚住のマンションに戻った。

もう四月だというのに、鍋《なべ》がしたいと魚住がねだる。鍋というと、たいていはマリやサリームも呼んで囲むのだが、今夜はふたりだけだ。まぁ、それもたまにはいいかと久留米は承諾した。

あれが食べたい、これも食べたいと魚住がせがむために、実に統一性のない寄せ鍋となったが、それなりに美味かった。湯気の向こうで一心に食べる魚住を見ていると、顔がにやついてしまいそうで、久留米は無理やり仕事の雑事など思い出してみる。

「そうだ。久留米、異動したんだって？ こないだるみ子ちゃんから聞いた。新しいとこ、どう？」

食べ尽くし、ほぼ出汁《だし》だけになった鍋にうどんを入れながら魚住が聞いてくる。

「慣れないな。業務を教えてくれるヤツとも、どうもそりが合わないし」

スピッツ・西村は相変わらず久留米にきゃんきゃんと吠《ほ》える。しかも間違ったことを言っていないあたりが、久留米にはいっそうストレスだ。

「パソコン、やってるんだってね」

「ああ。研修受けに行ったら、大学ン時の後輩に会って驚いたぜ」

「へーえ……もう煮えたかな？」

久留米は鍋を覗《のぞ》き込んだ。

「もうちょい待てよ……。たまご入れないのか？」

「あ、そうか」

魚住が立ち上がって、冷蔵庫を開ける。たまごをふたつ取り出して、久留米に渡す。

魚住が割って上手《うま》くいった例《ためし》がない。

「それから、響子ちゃんが久留米の花粉症はどうなの、って言ってた。この間荷物取りに大学に来た時」

「ああ、そっか。もう辞めちゃったんだよな大学」

「ん。もったいないよなァ。まあ、大学院にいなくても、ドクターを取れなくはないんだけどね」

「そうなのか？」

「論文を出して取るっていう方法はある。日本だけのやり方だけど」

たまごが半熟になるのを待って、最終仕上げのうどんに取りかかった。かなり待ち遠しかったらしい魚住が、ハフハフ言いながらうどんを啜《すす》っている。

久留米は自分のぶんを食べつつも、どうも魚住の首に目がいってしまう。もともと首が長い男なのだが、髪を切ったせいでそれが目立つ。あの首筋やうなじは、ちょっと問題だよなぁ、などと思う。

「で、花粉症はどうなの、今年。久留米、薬飲んでるんだろ？」

うどんを一本銜《くわ》えたまま、魚住が顔を上げた。

「ああ。かなり早めに病院行ったから、わりと楽だな今年は。パッチテストとかしたぞ。やっぱスギだ、おれは」

「だろうね。もうすぐ四月だから、スギは少なくなってくるのかな……」

「でも、あの薬って、なんで前もって飲まなきゃならないんだ？」

「抗アレルギー剤はそのほうがよく効くの」

魚住は器をカタンと置く。食べ終わったらしい。満足そうに息を吐く。

「美味《おい》しかったぁ……」

「なんだっけかな、おれが去年よく飲んでたのは。やたら眠くなるやつ」

「ああ、抗ヒスタミン剤だよたぶん。眠くなるし、喉《のど》が渇くだろ？　長期の服用には向かないんだ」

「なんかもっと、こう、一発でビシッと治るようなの、ないのかよ？」

自分も食べ終わった久留米が、煙草に火をつける。魚住は空いた食器を下げている。

「ううん。副腎《ふくじん》皮質ホルモンの注射とか、効くらしいけどね。副作用がなあ……。身体からクスリが抜けにくいみたいだし、あんまり勧めない」

「ふーん。一応、そういうのは詳しいんだなおまえ」

「久留米」

シンクに寄りかかった魚住が右手を上げている。

「じゃん、けん、」

「ほい」

久留米がチョキで、魚住がパーであった。

「えー。またおれが片づけるの？」

「おまえ、ホンっとに、じゃんけん弱いのなぁ」

　ふたりの時、後片づけの担当はこの勝負で決める。魚住はやたらとパーを出す癖があるのを、久留米は知っているのだが、当然教えてやらない。ぶつぶつ言いながらも、魚住がゴム手袋をはめてスポンジを泡立たせる。その後ろ姿を見ながら、久留米はゆっくり煙草を楽しんだ。最近本数は減ったが、やはり食後は我慢できない。

　台所を片づけてしまうと、魚住はバスルームに消える。

　だらだらと二時間も飲み食いしていたので、もう十時をまわっていた。久留米は居間で、ニュース番組を見ながら寛《くつろ》いでいた。飲んだせいもあって、うとうとしていたらしい。ふと目が覚めたのは、なにかいい匂いがしたせいである。

　自分が寝そべっているソファに、床にペタンと座った魚住が寄りかかっていた。テレビを見ながら髪を拭《ふ》いているようだ。すぐそこに、小さな後頭部がある。そういえば、魚住はどうやって頭を洗っているのだろうか。手首にはまだ包帯をしているから、濡《ぬ》れないようにするのは大変なんじゃないのかな、などと考える。

　首に掛かっていたタオルがスルリと外れた。

　ほんのり湿った色合いの肌。香るのはシャンプーかなにかだろうか。果物を思わせる匂いだ。

　すぐそこにある、細いうなじ。

湯上がりの魚住の危険性をよく知っている久留米は、なるべくそれを視界に入れないようにしてきた。だが今回は不可抗力だ。眠っていたのだから。

魚住の後頭部に触れてみる。濡れた髪の手触りがツルツルと心地よい。

そのままその小さな頭を押して、俯《うつむ》かせる。

「ん？　起きたの？」

「久留米？」

「シャンプー変えたか？」

「うん、新しいのおろしたけど……あ？」

下を向かせたことによって、うなじの下部に頸椎《けいつい》が浮く。指先で触れてみる。産毛を逆撫《さかな》でするように、少し動かすと魚住の肩がひくんと震える。

「なんの匂い？」

「わ、かんないけど……なんか、フルーツ系だったかも……」

「そうか」

魚住のこの肌は、まだ青みの残っている白桃みたいな感じかなと久留米は思う。熟れるまでいっていない。熟れるまではとても待ちきれなくて食べてみれば、まだその果肉は、歯に抵抗感を残すに違いない。

「あの、久留米……」

腕を伸ばして、後ろから魚住の肩を抱え込む。

頭は俯かせたままだ。その身体が硬くなるのがわかる。だが、振り切って逃げようとはしない。いまならまだ逃げられるはずだが、魚住はそうしない。

「くるめ」

どこか苦しげに呼ばれた。

返事もせず、その白く薄い皮膚の上に口づけてみる。髪の生え際までゆっくりと辿《たど》り、また頸椎まで戻る。魚住は動かない。抵抗しない。もしかしたら息もしていないのではないかというほど、固まってしまっている。久留米がなにをしているのか、わかっていないわけではないだろう。それでも動かないのだ。かといって逃げもしないのをいいことに、ひと通りそっとくちびるで散策した後、軽く歯を立ててみる。

「……っ」

詰まった吐息が、魚住から零《こぼ》れた。タオルを握りしめている指が、震えているのが見える。なにかを耐えるような浅い呼吸がしばらく続く。

「ど……」

やっと、という感じで魚住が発音する。下を向いたままの顔は、それでも赤面しているのがよくわかった。

「うん？」

「どうし、て、最近、おれに、触るの？」

どうしてって言われてもなぁと、久留米も困る。

触りたいんだからしょうがない。頭で考えているわけではない。もっと胸の奥のほうが、そうしたいと訴えているのだ。久留米だって、自分でもよくわからない。男である魚住に欲情する気持ちも、妙に優しくしてやりたくなる気持ちも、そうかと思うとなんだか苛《いじ》めたくなるような気持ちも、整理できていないのだ。

だから久留米は、整理しないまま、そのままで持っていることにした。

下手に考え込むと混乱する。そうなるとまたややこしい。自分で自分を追いつめるような思考システムを久留米は持たない。シンプルが信条である。

触りたいから、触る。

キスしたければ、する。

魚住が嫌ではないのならば。

「おまえ俺のこと好きなんだよな？　言ったよな、おまえが泣いた日にさ」

「う、うん」

それは覚えているらしい。

「じゃあいいじゃねえか、触るくらい。減るもんでもないだろ」

「へ、減らないけどさ、こま、るんだよ」

「なにが」

しどろもどろな魚住は、どうにも可愛い。ふだんの鈍いまでの冷静さとのギャップが楽しいとも言える。

「へんになる」

「あん？」

魚住がやっと身体を捻《ひね》って、久留米を見た。

「久留米に触れられると……おれの身体、なんかおかしくなっちゃうんだよ……なんていうか、なんも着てないみたいに過敏になって、ぞわぞわして……その後すごく、困るんだって……」

「そりゃおまえ」

つまり感じてる、って意味なのか？　もしかして、あの部分なんかも反応しちゃってるとか？　そんなこと言うと、おれもう知らないぞ。やっちまうぞ。普通、そのセリフは誘ってるとしか解釈されないぞ。

一気に熱くなってしまった頭の中で、そう畳みかけた久留米なのだが、魚住が続けたセリフに今度は固まってしまった。

「久留米以外だと、触れられてもこんなふうにはなんないのに……」

「え？」

「濱田さんにキスされても、伊東くんとしてみても……こんなふうになったりしないのに、どうして久留米だと触れられただけでおかしくなるんだろう……」

「伊東？　研究室の？」

「うん」

こいつは、いったい何人の男とキスしてるんだ？

「いたた。久留米、痛い」

久留米は魚住の首根っこをギュウと掴《つか》んで、ソファの上に移動させた。

「おまえ、そんな誰とでもキスとかすんの？」

「誰とでもってことはないよ」

「濱田。伊東。ほかにもいるんじゃないのか？」

「ああ……貴史《たかし》くんにも、されたかな？」

一瞬誰だっけ、と考えて思い出す。魚住のところに数日居候していた関西弁の男だ。

「あの野郎ともしてたのかよ！」

「されただけだよ。ちょっとした事故みたいなもんで……」

「バカ言ってんじゃねぇ！　いっつもぼんやり口開けてっから、そういうことになるんだ！　隙だらけなんだよおまえは！」

「そんなこと言ったって」

「だいたい伊東は後輩だろうが！　後輩にそんなことされて黙ってんのかおまえはっ」

「伊東くんの場合は、おれが頼んだんだよ」

一瞬、意味がわからなかった。だがすぐに久留米の脳裏に、誰かにキスをせがんでいる魚住の図、などという見たくもない映像が浮かんだ。振り払うにはあまりにも強烈過ぎるその映像に、胃がむかついて吐き気すらした。

「信じられねぇ……」

「あ……えっと、その……実験みたいな……」

「実験だァ？」

睨《にら》みつけると、怯《おび》えるように肩を竦《すく》める魚住にますます腹が立つ。

まるで猫でも相手にしているかのようだ。さんざん面倒をかけられて、それでもやっと懐いてきたかと思えば、よそでも誰かに身体をすり寄せている。いったいいつまで、このわけのわからないヤサ男に振り回されなければならないのだろう。

「帰る」

怒りを通り越し、呆《あき》れた声音になって久留米は立ち上がった。

「久留米」

「このままだと、おまえのこと殴りそうだ」

「く」

魚住が追いかけてこようとするのを片手で制する。

「おまえって、ホントわかんねーよ」

それだけ言い残して、久留米はマンションを後にした。

「それは、魚住さんが悪いですよ」

「そう、かなァ……」

すでに呂律《ろれつ》の怪しい魚住は、空になったワイングラスの脚を指先で擦《こす》りながら呟《つぶや》いた。キュウキュウとクリスタルが鳴く。

「だって、その人、魚住さんを好きなんでしょう」

「知らない……言われたことはないから……」

とろん、とした瞳《ひとみ》が向かいに座っている明良を見る。外で会っていた時は、ほとんどアルコールを口にしなかった魚住だが、飲もうと思えば飲めるらしい。明良が持ってきたワインはとうになくなり、いま飲んでいる赤はこの部屋にあったものだ。

5

初めて、魚住の部屋に入った。

美味《おい》しい店をまた見つけたから、夕食でも、と電話を入れると妙に沈んだ声だった。外で食事をする気分ではないという。具合でも悪いのかと心配したが、そういうわけではないらしい。

——どっちかっていうと飲みたい気分なんだけど……。外では飲まないようにしてるから。

そう言われて、じゃあおれが行って、なんか作りましょうかと聞いたら、木曜ならば早く帰れるという。明良は思わずガッツポーズを作ってしまった。会社の廊下だったので、すれ違った女性社員に不審な顔をされた。

「言われなくても、わかるでしょう、なんとなく」

チーズを使ったパスタと、ルッコラのサラダを手際よく作った。魚住はルッコラをゴマの味がする葉っぱだね、としきりに感心していた。

食べ終わった後も、ゆっくりとワインを楽しむ。

時間が経つにつれ魚住の目元が染まり、明良はそわそわする。まずいと思いつつ、目を離せない。ここまで色っぽくされてしまうと、理性のたがが外れそうである。

「嫌われては……いないと思うけど……でもおれが好きだって言っちゃった後も、なんにも言ってこないし」

「照れくさいんじゃないですか」

「そおかなぁ……」

苦しいのだろうか、魚住はボタンダウンのシャツの襟元を自分でグイと引っ張った。白い喉元《のどもと》と垣間《かいま》見えた鎖骨に、明良は動転する。

「だ……だって、ほかの人とキスしたから、怒ったんでしょう、その人」

ここで押し倒したりしては、せっかく家にまで招待してくれるようになった努力が水の泡になる。安心しているからこそ、ここまで入れてくれたのだ。

もっとも、同性に対して安心などという発想はないだろうが、どっちにしろ現時点でせまったりするのは得策ではない。

「うん。でもべつに、ほかの人とは好きでしたわけじゃないしさ……キス」

「魚住さん、好きじゃなくてもキスできるんですか」

「嫌いじゃなきゃできるでしょ、そんくらい。痛くも痒《かゆ》くもないもん」

「まあ、そりゃそうですけど」

どうも、このへんの感覚が普通ではないようだ。

魚住に悪気はないのはわかるが、相手の女性が気の毒になってくる。しかし、明良としては、ここでその女と魚住ができてしまうのも困るわけなので、このまま上手《うま》くいかなければいいのに、などとも考える。そんな自分を嫌な男だなと自己嫌悪しつつ、それでも魚住が欲しいのだ。

「独占欲とか、ないんですか魚住さんには」

「ふぅん？」

首を傾げるその仕草。緩く開いたくちびる。

確かに外ではあまり飲まないのが得策だろう。そのテの男がそばにいたら、無事ではすまされそうにない。言動自体は酔ってもそう変わらないのだが、雰囲気が変わるのだ。日頃はついてまわっている、どこか素っ気ない感じが払拭《ふっしょく》される。

「だ、だから、例えばその人が、ほかの誰かとキスしたりしたら、どうですか」

「あァ、そゆことか」

少し考えるような顔をして、魚住はぼんやりと虚空を見た。それから眉間《みけん》に皺《しわ》を寄せて、また首を傾げる。

「あいつがほかの男とキスするのって、なんか想像できない……。あ、女の子とだったら……いや、でもべつに……あ、ちょっとヤかな？」

「女の子？」

「もてるんだよね。ウン……」

「は？」

なんだか話がよくわからなくなってきた。

「でも、あんま独占したいってカンジはないんだけど……おれがあいつを好きだってことが大切で……自分だけのモノ、みたいなのはなくて……そもそもモノじゃないし」

それはそれで、まあ道理である。けれど相手としては、そんなふうに言われたらさみしいのではないだろうか。女の子とは、やきもちをやいてほしがるものだと、明良は姉から聞いている。

魚住は小さな頭を横向きにして、コトンとテーブルに落とした。

髪がサラリと流れる。

「眠いんですか？」

「ん……」

どっちつかずの返事だが、もう目は半分くらい閉じられている。なんて長い睫毛《まつげ》なんだろうと、明良は思わずその顔を覗《のぞ》き込む。

——綺麗《きれい》なんだけど、冷たい感じはないんだよな。なんか、可愛い……。

「やっぱ、おれのこと好きじゃないのかなァ?」

「でも、その人、魚住さんにキスしたんでしょう?」

「うん……」

「積極的な女性ですね、なかなか」

「……おんなじゃない……」

顔を伏してしまった魚住の、くぐもった声が聞こえた。

「え?」

女じゃない?

いま、そう聞こえた。確かに。

「魚住さん」

返事がない。

代わりに、静かな呼吸音が聞こえてくる。眠ってしまったらしい。

「魚住さん……風邪ひきますよ」

テーブルに潰《つぶ》れている魚住の肩を抱き、ゆっくりと起こして椅子の背にもたれかけさせる。

「ん……」

むずかる子供みたいな鼻声を立てるが、起きる様子はない。

「起きてくれないと……おれ、こ、困るんです」

とりあえず、このままにもしておけないので居間のソファまで抱いて運ぶ。明良にしてみれば、魚住など軽いものだ。

横たえると、魚住はぐにゃりと脱力した。

「困るんですって、ホントに……」

そっと、頬に触れてみる。

いつも冷たそうに見えるその頬が、いまは指先に吸いつくように柔らかく温かい。髪からだろうか？　とてもいい香りがする。甘過ぎない、若い白桃のような匂いだ。

酔わせてどうこうするつもりなどなかった。魚住の意思を無視した形で思いを遂げても、なんの意味もない。

魚住は誰かに恋している。

しかも相手は男らしい。そういう意味では、明良にも光明が見えてきたような気がするのだが、ほかに想い人がいるのでは、どの道失恋したようなものだ。魚住が恋をしている相手にふられて、その後釜《あとがま》に座るというのは、確かに明良にとっては一番都合がいい。だがそれは、あくまで明良にとってだけの話だ。

魚住は傷つくだろう。どこの誰だか知らないが、こんなにもそいつを好きなのだ。

泣くかもしれない。

いつも笑っていればいいのにと思っていた。学食で、中庭で、たまに見せるさみしげな顔を明良は知っている。なにを思っているのか、吹く風を目で追うように空を見る癖があるのも知っている。

ずっと見つめてきたのだ。笑えばいい。笑ってほしい。

それなのにいま、魚住が失恋することを心のどこかで願っている自分が嫌だった。魚住を傷つけたいと思うのと同じことではないか。

なんだかよくわからなくなってしまう。

魚住の甘い香りに、ひどく誘惑されてしまうのもまた事実なのだ。

明良は吐息と同時に立ち上がり、自分の上着から携帯電話を取り出した。


「それは、久留米さんが悪いですよ」

リキュール用の小さなグラスを磨きながら、文月が笑いを含んだ声音で言う。

「なんでおれが悪いんだ。節操のないのはあっちだぞ」

「節操、ねえ」

カチリと音を立てて飾り棚にリキュールグラスをしまうと、文月もカウンターの中で腰掛ける。

一時間ほど前までいた三人組が帰ってから、客は久留米だけである。愚痴る相手を求めて、ここに足が向いた。マリなどに話そうものなら、蹴《け》り飛ばされそうで、とても言えない。文月ならばむしろつきあいが浅いぶん、気楽だった。

「久留米さんのお話を聞く限りでは、なんだか子供みたいな人じゃないですか」

「子供以下だあれは。犬だ」

「犬と子供だったら、犬のほうが利口なような気もしますけど」

「じゃ、子犬」

そう言い捨てて、久留米が手酌でビールを呷《あお》る。

「まあ、子供にしろ、子犬にしろ、そういうものに節操説いても始まらないでしょ?」

「けどさ」

「だいたいずるいですよ久留米さん。彼は告白したんでしょ、あなたに。好きだって。なのに久留米さん、なにも言ってあげてないじゃないですか。キスはするくせに」

なにも食べていないであろう久留米のために、サーモンマリネと小振りのピッツァを出してくれる文月だが、言葉は手厳しい。久留米はうっ、と呻《うめ》いたきり言葉に詰まってしまう。

「そういうの、卑怯《ひきょう》って言いませんかね？」

「……けどな。野郎に向かってそんなん、言ったことないんだぞおれは。しょうがないじゃないか」

「あのね。久留米さん。そういうのは女に言うとか男に言うとかじゃないでしょう。問題をすり替えちゃダメですよ。だいたい、あなた女性にだって気の利いたセリフなんか言うタイプじゃないはず」

鋭い。まったくもって、その通りである。久留米はグゥの音も出ないという状況を、いま自分の身体で味わっている。これでは説教を食らいに来たようなものだ。

「ちゃんと教えてあげないと。その人に、久留米さんの気持ちを」

空いてしまった瓶を下げ、今度は水割りを作ってくれる。聞いているくせにそっぽを向いて煙草を吸っている久留米をチラリと見て、文月は苦笑した。

「べつに、言葉じゃなくてもいいんですよ。態度でも、行動でも。安心させてあげればいいのに。そうしたら、フラフラしなくなるんじゃないのかな」

「あんたはアイツがどれくらい変な男か知らないから……」

「ならきちんと言葉で言えばいい。おれ以外とはキスするな、って。そんな複雑なセリフじゃないですよ？」

そう言えるなら誰も苦労はしないのだ。久留米はピッツァをいっぺんに二切れ口に突っ込みながら、眉間《みけん》の皺《しわ》を深くする。

どこかで携帯電話の着信音がした。久留米の電話ではない。

「ちょっと失礼」

文月がシンクの横に置いてあった電話を取った。この店には固定電話は見あたらない。どこかにあるのかもしれないが、使っているところは見たことがなかった。

「はいブルークロスです。……ああ、三鷹？　どうしたの、どこにいるのさ。いまちょうど、久留米さん来てるんだよ」

言いながら、目配《めくば》せをした。

そういえばここに三鷹と来たのは初回きりである。電話もしていないが、元気にしているのだろうか。飲みに行くと、よく自分はサラリーマンに向いていないと呟《つぶや》いていた。大男のくせに、気が優し過ぎるのだ。

「え、いま例の彼の家にいるの？　すごいじゃない。発展してるじゃないの。で？　え？　潰れちゃったの？　アハハ、可愛いねぇ……それで？　……え、ウソ。ゲイだったわけ？　で、相手とケンカしてるの？　は？　うん……うん。へえ、なんか今夜は似たような話ばっかりだなぁ」

電話をしながら、新しい氷を用意するために文月の器用な手が動いている。久留米は煙草に火をつけようと、俯《うつむ》いてライターを擦《こす》った。ガスが減っているのか、なかなか着火しない。

「でも、それじゃ失恋じゃないの、おまえ。どうすんの」

失恋……どうやら三鷹は意中の相手と飲んでいるようだが、事態はあまりいい方向に向かっていないようだ。

「しょうがないよ、それは。人の心ばかりはどうしようもないもの。……ま、せっかくだから、キスくらい、いただいとけば。それくらいはバチも当たらないだろ？　眠っちゃってるんだろ？　その、大学院生の彼は」

ふ、と久留米が顔を上げた。

大学院生――いやまさか。大学院生なんて、掃いて捨てるほどいるではないか。

……三鷹はなんと言っていた？　ひと目惚《ぼ》れの相手のことを。滅多にいない美形なのに、いつもぼんやりとした顔で？　クリーニングのタグをつけたままで？

「ちょっと」

電話中の文月を呼ぶ。

「三鷹、少し待ってて。どうしました？」

「これだけ教えてくれ。三鷹の好きな男ってのは……同じ会社の奴じゃあないのか？」

勝手にそう思い込んでいたのは久留米である。

「いえ、違いますよ」

「三鷹と同じ大学の……院生、なのか？」

「そうです。ああ、つまり久留米さんも行ってた大学ですね」

まさか、の色合いが濃くなる。

「──それ、貸してくれ」

「はい？」

「三鷹と話させてくれ」

有無を言わせぬ顔で立ち上がり、腕を伸ばした久留米を、文月は怪訝《けげん》な顔で見る。

「三鷹、久留米さんが話したいそうだから替わる」

それだけ言って電話を渡してくれた。

「もしもし」

『久留米さん？　アハハ、もう常連になっちゃったんですか？』

「あのな三鷹」

『はい。なにか、ありました？』

いつもよりも低い久留米の声に、三鷹の声が不安そうに変わる。

「あのな。これだけ教えてくれ。違うならなんの問題もない。おれの早とちりだ。笑っていいから」

『え、どうしたんです。なんですか？』

「いま、そこにいるのは」

『は……？』

「いま、そこにいるのは魚住真澄か？」

『………』

しまう。

この沈黙が表すのは肯定なのだと、久留米はすぐに覚《さと》った。思わず声が大きくなってしまう。

「三鷹。そうなんだな？」

『久留米さん、どうして……』

「奴は酔い潰《つぶ》れてるのか？　そうなんだな？」

『あの……』

文月がえらく驚いた顔でこちらを見ているのに気がついていたが、かまってはいられなかった。久留米は自分が嫌な汗をかいているのを感じる。

こんな焦燥感は初めてだ。

三鷹が焦がれている相手は魚住だったのだ。そしていまふたりは、一緒にいる。

「三鷹。そいつはダメだ」

『なぜ、ですか……』

「ダメだ」

理由など、言えない。

しばらく続いた沈黙の後、三鷹が暗い声で尋ねてきた。

『……久留米さんなんですか。魚住さんとケンカしたのは』

「そうだよ。知ってるんなら、もうわかるだろう。魚住はやめてくれ」

『恋人ってわけじゃ……ないんでしょう？』

それはそうだ。

それは、そうだが……。

『魚住さん、好きだって言われてないって言ってましたよ……さみしそうでした』

「三鷹」

『ずるいです、久留米さん』

また言われてしまった。しかも今度は自分でも痛感する。魚住を中途半端にしていたのは、ほかならぬ久留米自身だ。

「おれのことはなんとでも言ってくれよ。だけど、そいつに触れるな。そいつは、魚住はおれの……」

おれの、なんだと言えばいいのだろう。

魚住はべつに久留米のものではないのだ。なんの約束も交わしていない。自分の気持ちすら伝えていない。それなのに、三鷹をどう説得できるというのだ。

『おれだって、好きで、話したくて、触れたくて……ずっとずっと見てきたんですよ……半年以上ですよ』

「三鷹」

『まさかこの手首の傷……久留米さんが原因じゃないでしょうね』

「それは、違う……と思う」

魚住の自殺未遂に、久留米が関わっていないわけではない。

だが引き金となったのはさちのの事故であるし、ほかにも魚住の過去が複雑に絡んでいるのだ。とても電話で説明できるような話ではない。

『ずるいです……久留米さん』

それを最後の言葉にして、通話が切れた。

「三鷹！」

文月に頼んで何度もかけてもらったが繋《つな》がらない。

電源を切ってしまったようだ。

「魚住さんて……もしかしてあの魚住さんなんですか……？」

まだ驚いた顔のままの文月に聞かれた。

「あんたまで、魚住を知ってんのか？」

「ええ。いやでも、三鷹の想い人だなんて知らなかったですよ。ただ、るみ子ちゃんと一緒にここに来てくれたことがあって……」

「るみ子って安藤るみ子？」

「そう、僕の高校の同級生で……三鷹もそうなんですけど……」

「安藤とおれは同じ会社だ」

「え」

つまり、文月だけは全員とこの店で会っているのだ。バラバラだと思っていた糸が、実のところ、色だけ途中で変わっている同じ一本だった——そんな感じだ。

久留米は財布から一万円札を摑《つか》み取り、カウンターに置く。

「なんだかよくわからんが、とにかく急ぐから、これ、釣りは今度でいいよ」

「あ、」

文月の返事も待たず、コートを摑んで店を飛び出す。

新宿通りまで走り抜け、タクシーを捕まえて飛び乗る。呼吸の乱れを整えながら、店に鞄《かばん》を忘れてきたのに気がついた。だが戻るつもりはない。

運転手には、病人が待っているので急いでほしいと嘘をついた。


翌日の昼、久留米は会社の近くのシティホテルにいた。

午前中に三鷹から電話があり、会う約束をしたのだ。昨日の今日で、正直会いづらい感もあったのだが、いつかは話さなければならない。ならば早いほうがいいだろうと久留米も思った。とはいっても、なにを話せばいいのかなど、見当もつかない。

昼時の混雑しているロビーでも、その姿はすぐに見つかる。周囲の人間より頭ひとつ飛び出しているからこういう時は便利だ。

三鷹も久留米を見つけ、黙って会釈をした。

「これ、文月から預かってきました。おれあの後、店に行ったんで」

「あ……すまない」

三鷹が久留米の鞄を渡す。午後、西村に渡すはずのフロッピーディスクが入っていたので、とても助かった。またイヤミを言われるのかとうんざりしていたのだ。

ランチタイムにゆっくり話せる場所というのは少ない。

相席になることのないよう、ホテルのレストランを選んだのだが、それでもざわついた雰囲気である。もっとも、静か過ぎるよりはいいのかもしれない。

「すみませんでした。おれ、逃げるみたいに帰っちゃって」

「いや」

昨晩、久留米が魚住のマンションに辿《たど》り着くと、三鷹の姿はすでになかった。魚住はソファで毛布を掛けられ、くうくうと眠っていた。べつになにかされたような形跡もない。今朝起きた時には、例によって途中からの記憶がなくなっていて、自分が三鷹になにを話したのかも定かではないらしい。もちろん、なぜ朝になったら久留米がいたのかも、まったくわかっていない。

それでも嬉《うれ》しそうだった。

――なんか、怒ってたから、もう来てくんないかと思った。

などと、ふわふわと笑っていた。

人騒がせにも程があると思ったが、今回は自分の責任も感じている久留米はなにも言えなかった。

早いが取り柄のカレーランチをふたりは注文する。

「久留米さん。あの」

「三鷹、あのな」

同時に発声してしまって、また黙る。

ランチタイム禁煙で、煙草も吸えない。久留米は意味もなく銀色のスプーンを弄《もてあそ》びながら、再び口を開く。

「あのな。おれな。あいつがほかの奴に触れられるのとか……ダメなんだ」

なにがどうダメなのか、そのへんがうまく言葉にならない。

「べつにあいつはおれのモンってわけじゃないから……理不尽な話なんだけどな」

正直に言うしかなかった。言いながら、本当に理不尽だなと自分で呆《あき》れる。

「好きなんですね。久留米さんも」

「たぶんな」

答えながら、自分がすごく不機嫌な顔になってしまっているのに気がつく。さっきから眉間《みけん》に力が入りっぱなしなのだ。

「魚住さんも、ぞっこんですよ」

「……って言われても」

「まだ、キスしかしてないんでしょ？」

小さく聞かれて、返事のしようもなかった。

「………」

「知りませんよ、ほっとくと。あんな人なんだから、いつ誰に食われちゃったっておかしくないんだから」

「食われるって、おまえ」

「おれみたいな、見かけ倒しの、根性なしのオオカミばっかりじゃないんですから」

自分を揶揄《やゆ》する笑みを浮かべ、三鷹がそう言う。

「おまえは見かけ倒しなんかじゃない」

本気の声でそう言った久留米に、三鷹は驚いた顔を見せる。その後、ふ、と穏やかな目をして苦笑した。

「恋敵に、褒められても」

「……すまん」

「ずるいよなぁ久留米さん。自分だっていい男なうえに、あんな綺麗《きれい》な人と両想いだなんて」

「……あいつは、なかなか大変なんだぞ」

「大変な思いを、おれもしたかったですよ」

ホールスタッフがカレーランチを運んできた。

ライスは平皿に盛られ、カレーは仰々しい銀の器に入っている。飯にかけて持ってくりゃいいのにと、久留米はいつも思う。

「魚住さん、酔い潰《つぶ》れた後、おれがちょっと触ったら」

「触った？」

つい声の音量が上がってしまい、隣のテーブルから睨《にら》まれてしまった。

「ちょっとですよ、帰る直前、あのいい匂いが名残惜しくて、髪に。そしたら」

「そしたら？」

「久留米さんを呼んだ」

カレーを一気にライスにかけながら、三鷹がやるせない顔で笑う。

「おれなんか聞いたこともないような、甘ったれた声でね。なんかもう、ヤになりましたよ、ハハ」

「…………」

こういう場合のコメントを、久留米は思いつかない。まさか、そうか、いいだろう、とも言えない。

「ちゃんと、捕まえててくださいよ。今度おれの前で潰れたりしたら……もう知りませんからね」

「……ああ」

「会うな、とか、言いませんよね？」

「んなことは、言わねぇよ」

「よかった。食べましょう？」

「ああ」

そして体育会系なふたりは、ほんの十分で食事を終えて、その後五分でコーヒーを飲み、店を出た。

「また、文月のところででも会いましょう」

別れ際にそう言って、大きな背中の男は帰っていった。


午後は仕事にならなかった。

まだ内容もいまひとつ摑《つか》めない会議に出てはいたが、魚住の顔ばかり浮かぶ。

自分の名前を呼んだという。甘ったれた声で。

最も無防備な、酔い潰れた状態で、だ。

そういえば久留米が怒って帰ってしまったあの夜も変なことを言っていた。触れられると、どうしたらいいのかわからないほど過敏になってしまうとかなんとか。

……では、抱いたりした日にはどんな事態になってしまうのか。

突然キスを仕掛けた時も、その身体があまりに敏感なので驚いた。最初は驚きのあまり硬直していたが、やがて久留米の指の動きひとつひとつに反応して身体を震わせるようになった。かつて不能だった男とは思えない、いい反応だった。甘いくちびるから漏れ聞こえる声が、とてつもなく艶《つや》めいていて、久留米までくらくらした。コートを着ていない時季だったら、あのまま外になど、出られたもんじゃない。

思い出したら、またまずいことになってきた。

座っているからいいようなものの……いま発言を求められても絶対に立てない。立たなくていい場所が立っているからである。ホワイトボードに書き連ねられた営業数字を機械的に写し取りながら、頭の中では魚住のうなじや指先や、あの背中の傷ばかりが反芻《はんすう》される。

抱きたい。

理屈や理由、常識すらも越えて、腹の底からそう思う。

魚住を自分の腕に収めたい。自分だけのものにしてしまいたい。もうこの衝動を鎮めるつもりはないし、その必要もない。さんざん踏ん張って、抗《あらが》って、自分の気持ちを無視してきた。だがすでに限界だ。白旗を揚げる時だ。

終業のチャイムが放送されるのとほとんど同時に席を立つと、隣から西村に、

「お早いお帰りだね」

と棘《とげ》のある声で言われた。久留米はとりあわず、お先に失礼しますとだけ残してエレベーターホールに急ぐ。

いっそ駅まで走りたい気分だった。

魚住に電話の一本も入れておこうかとも思ったが、いま半端に声を聞いてしまうとこの勢いが失速しそうだ。春休み中なので、研究室に行っていてもそう遅くはないはずである。まだ帰っていなければ待てばいい。そうしたら、魚住が玄関ドアを開けるなり抱きしめてやる。自分はそういう勢いがないと臆《おく》してしまうタイプだということを、久留米は自覚しているのだ。

そう、こういうことは勢いである。

途中でドラッグストアに寄り、必要と思われる物を購入する。予備知識が万全なのかどうか、自分ではよくわからないのだが、文月のくれたテキストが役に立ったわけである。それは久留米が想像していたより、真面目な本だった。もちろん、腰が引けてしまうような写真や文章もあった。男同士の組み合わせは、やはり久留米にとって自然体とはいえない。それでも魚住だけは欲しいと思うのだから勝手なものだ。

魚住は、ほかの誰にも似てはいない。

魚住を、ほかの誰にも触れさせるわけにはいかない。

子供じみた独占欲なのかもしれない。男のくせに嫉妬《しっと》深い傾向がある自分を、久留米は知っている。昔マリにそう打ち明けたら、

「オスのほうが嫉妬深いなんてのは、サルだった頃からの決まりごとだわよ」

と言われた。そんなものなのだろうか。

魚住のマンションに着く。ドアの鍵《かぎ》は開いている。在宅の場合、開けっ放しが多いのである。さすがに寝る前には鍵をかけるようにはしているらしいが、それも時々は忘れている。杜撰《ずさん》な男である。

玄関に靴が何足もあった。

来客らしい。

これは予想していない展開だった。

古いが手入れのよい男物のスニーカー。品のいいスエードのパンプス。オレンジ色のウェスタンブーツ。ブーツには見覚えがある。

「あら。久留米が匂いを嗅《か》ぎつけてきたわよ」

ドアの開閉音に様子を見に来たのは、やはりマリだった。本当に、神出鬼没な女である。今日は革のミニスカート姿で、両手それぞれにネギと春菊を持っている。

「……なにしてんだ？」

「タイミングのいい男だったのね、あんたってば。スキヤキが始まるとこ。サリームがクイズの懸賞で松坂牛当てたの！」

嬉《うれ》しそうにマリがネギを振る。

「はあ」

ダイニングには本日の面子《メンツ》が揃っていた。サリームはシンクの前で野菜を洗っている。

「あ、久留米さん。お疲れさまでした」

「ああ……うん」

「すいません、お邪魔してます」

と会釈したのは荏原響子である。

「響子ちゃん、ここは魚住ンちなんだから、久留米にそのセリフはヘン」

「あ。そうでした。でもなんか久留米さんて、ここに住んでても不思議じゃないカンジがして」

女子二名が笑いながら割下を作り始めた。

すでにテーブルにはカセットコンロが置かれ、スキヤキ鍋《なべ》もセットされている。黒い鍋底にコロンと白い脂の塊が転がっていた。まだ火はつけられていない。

「おかえり」

立ち働く三人の邪魔にならないように、魚住だけがちょこんと腰掛けている。久留米を見上げて、少し笑う。

「ああ」

「響子ちゃんの就職祝いなんだ。マリちゃん主催の」

「でも肉はサリームのなんだろ」

「マリちゃんがあげたハガキで当たったんだって」

「へえ」

魚住の横に立ったまま、久留米はその小さな顔を見下ろしていた。若葉色のシャツの襟元から、鎖骨の窪《くぼ》みが翳《かげ》って見える。

どうする。

今日は……やめておくべきなのか。

ふ、と魚住が久留米を見上げた。視線を感じたのだろう。なあに？　とでも言いたげな目をしてこっちを見ている。

見開いていると、子供のように幼い瞳《ひとみ》。

そのくせ半端に開いたくちびるの内側は、まるで誘っているように濡《ぬ》れていて久留米の目を釘《くぎ》づけにする。

「どうしたの？　いつまでそんなとこに突っ立ってんのよ、あんた」

動かない久留米に、マリが邪魔そうに文句を言う。

「……悪いけど」

「え？」

「悪いけど、スキヤキは延期してくれ」

こっちはどうしても、延期できそうにない。

「はあ？　なに言ってんのよ。もう準備しちゃったもん。食べたくなけりゃ久留米が帰んなさいよ」

マリが思いきり不機嫌な声を出す。

「久留米さん、どうかしたんですか？」

サリームの問いに答えず、久留米は心細そうにしている響子に尋ねる。

「明日《あした》じゃダメか？」

「いえ、あたしはいいんですけどマリさんが」

「だめよだめよ！　明日は先約があるの！　だから今日松坂牛を食べるのよ！」

「じゃ、マリ抜きでいいから、明日やってくれ」

「ちょっとちょっと！　勝手に仕切るんじゃないわよ久留米！　あたしはいま飢えてるのよ！　肉！　肉食べさせなさいよ！」

「うるせえ。おれのほうが切羽詰まってるんだよ」

言いながら久留米が、魚住の腕をグィと掴んで引き上げた。

「え？」

ガタンと音を立てて、無理に立ち上がらされた魚住は、状況を呑《の》み込めずポカンとしている。

「来い」

「え？　え？」

そのまま魚住を引っ張るようにして、寝室へ向かう。

「ちょっと、久留米？」

マリを無視して寝室の扉を開けると、先に魚住を押し込む。何事かと追いかけてきた三人に向かって、

「悪いな」

とだけ言い残して、久留米は扉をパタンと閉めてしまった。内側から、無機質な施錠の音がする。

呆気《あっけ》にとられた三人は、顔を見合わせた。

「……なに。あれ」

口を開けたままの、マリが呟《つぶや》く。

「だ、だいじょうぶかしら、魚住くん」

「殺されはしないでしょうよ。まったく……なによ、あれ。……ん？　まさか……やだ。うわ、でもそうかも」

マリが扉に耳を当てた。

「マリさん、あのふたり、ケンカしてるんですか？」

響子は心配そうだ。

「あらま……やっぱり」

扉から耳を離し、ふん、と鼻から息を吐いてマリが文句をたれる。

「ケンカどころじゃないわよ。ったく、あれじゃケダモノだわ。春だからかしら？　発情シーズンなのかしら久留米ってば。人間離れしてるわねぇ」

「はつじょう……?」

響子は自分でそう口にして、赤くなった。サリームは固まってしまっている。

そのままそこにいると、まるで覗《のぞ》き魔のような気分がするので、とりあえず三人はダイニングに引き返した。

「まあったく、腹立つー。あたしの食欲は、あいつの性欲の犠牲になったのよ!」

身も蓋《ふた》もない言い方だが、真実である。

「び、びっくりしました……でもマリさん、さんざん、けしかけてたじゃないですか」

「そうだけどさ」

サリームに言われて、マリが口を尖《とが》らせる。

「なにも松坂牛の日にこんなことにならなくたっていいじゃない。ちぇ」

マリはあくまでスキヤキに固執してむくれた。

「あの。あの。久留米さんと魚住くんて、そういう……?」

響子がそわそわと聞く。

「そういうふうになるのよ、これから。……やだ、じゃ、あたしってば魚住と兄弟になんの? 兄弟っていうか姉弟《してい》?」

「え、じゃあ、あたし久留米さんの妹?」

マリは久留米の元恋人、響子は魚住の元恋人である。

「あの。きょうだいとは?」

食材を冷蔵庫にしまいながらサリームが質問する。

「日本の俗っぽい言い方でね、同じ女と寝た男同士を兄弟とか言ったりするのよ。そしたら同じ男と寝た男女も、きょうだいじゃない？」

サリームは野菜を大皿に載せて、ピンとラップを張りながら考察する。

「なるほど。かつてのムラ社会では、寡婦となった女性を娶《めと》るのは亡夫の男兄弟というのが慣例だったらしいですから、その名残でしょうか」

「そうなの？　そんな昔のことは知らないけど。待って待って、じゃあ、なんかあたしと響子ちゃんは義理の姉妹ってとこ？」

「あ、そんな感じですねっ」

キャハハハと笑うふたりの声の合間に、サリームは微《かす》かに魚住の声を聞き取った。思わず脈が走りだすような、甘い悲鳴だった。自分まで変な気持ちになりそうだ。

「あの。早く帰りましょう。なんだか心臓に悪いです」

そして、ちょっと残っていたそうな女性ふたりを急《せ》かし、真面目な留学生は帰り支度を始める。マリは最後まで久留米に恨み言を呟いていた。

6

魚住が眠っている。自分の腕の中で。

すぐそこに子供のような寝顔がある。今夜幾度も口づけたくちびるがある。首すじや胸元に散る小さな鬱血《うっけつ》の原因は自分だ。

無心に眠っている。

いつまでも眺めていたいと思える。緊張と、そこからの解放に疲れて眠いはずなのに、久留米はずっと魚住の顔を眺めている。

寝室に引きずり込んだ時には、魚住は本当に久留米がなにをするつもりなのか、わかっていないようだった。

「久留米？　なに？　ど、どうしたの。おれ、またなんかした？」

「いや」

「じゃ、じゃあ……」

「抱く」

「は？」

「は、じゃねぇよ。イヤか？」

上着を脱ぎ捨てて床に放り、魚住の肩をトンと突いてベッドに座らせる。

ネクタイを取りながら、目を丸くしている魚住の横にどすんと腰掛けた。

「……どうしてもイヤなら、しない。無理強いするつもりはないからな」

「だって、あの、」

「なんだ」

「あの。スキヤキ……」

「バカかおまえ。スキヤキとおれを比べるな」

「そ、そうじゃなくて。みんなまだいるし」

「すぐに帰るだろ」

指先でその尖り気味の顎《あご》を取り、自分のほうを向かせる。魚住の顔を見ながら、鳩が豆鉄砲を食らったとは、こういう感じだろうかと思った。

「で、でも」

「グダグダ言うな。こっちの決心が揺らぐだろうが。また三鷹みたいなのが現れたら困るんだよ、おれは」

「三鷹？」

「三鷹明良。口説かれてただろうが」

「え？　明良くん？」

魚住は半ばパニック状態で、目をパチパチと瞬かせている。

「その話はあとだあと。いいから抱かせろ。……いやか？」

もう触れんばかりに近づいていたくちびるが、いやじゃない、と小さく答えた。

軽く合わせて、離す。

またすぐに合わせる。思っていたより、ずっと自然に動けた。

深く口づけながら、腕を回し抱きしめる。魚住の細い身体は、それでも当然女性よりは骨太で、男なんだな、とあらためて実感する。

シャツの裾《すそ》から手を差し入れて素肌に触れると、途端に腰が引けて逃げを打つ。

「ま、待っ……」

「冷たいか？　手？」

「ちが、あっ」

離れようとする身体を許さずに、引き戻す。脇から胸へと、大きく手のひらで撫《な》でさすると、指の腹に胸の小さな突起が当たった。

「……久留米、だ、あ、心臓が」

「心臓？」

こいつは心臓疾患まで持っていただろうか？

左胸に手を当ててみると、確かにものすごい勢いで稼働している。けれどこの状況ではそれが当然であり、むしろ冷静でいられたら久留米だって困るのだ。

「心臓がなんだって？」

「ンッ」

硬くなった突起を指先で軽く刺激する。魚住が跳ねるように反応した。頬を紅潮させ、首を横に振る。

「あ……心臓、止まる……って……」

この程度で心臓が止まるはずはないのだが、久留米は一度服から手を抜いた。息の上がった魚住の頬を撫で、自分の胸に抱き寄せる。

「おまえな。変に息詰めんなよ——目、閉じて。深呼吸してみろ」

赤ん坊にするように、軽く背中を叩《たた》いて安心させる。魚住は素直に従い、深く息を吸っては吐く。

包帯の痛々しい手を取って、自分の胸に当てさせる。

「ほれ、おれの心臓だって、こんなだ」

「……ホント、だ」

「そういうもんだろ、こういう時は」

「……そうか……そうなのか」

「おまえねぇ。いままでどんなふうに女抱いてたの？」

「普通、だと思うんだけど……でもほら、いつも触られるんじゃなくて、触るほうだったわけだから」

「まあ、そりゃそうだろうけど……落ち着いたか？」

「……うん」

「どうしてもダメだったら、言えよ？」

「……い、痛くないかな」

「痛くはしないって……たぶん」

「たぶん？」

「ああ、もう、うるさい」

ゆっくりと自分の体重をかけ、魚住を横たえる。ベッドが沈むと、ふたりで暖かい海に沈んでいくような錯覚がした。

「久留米」

「うるさいっての」

「……久留米……」

か細い声で久留米を呼び、腕の中の男は静かに目を閉じた。

魚住はどこもかしこも敏感だった。

追いつめられていく身体が緊張と弛《し》緩《かん》を繰り返す。途中までは声を嚙《か》み殺していたようだが、鼻にかかる甘い喘《あえ》ぎは次第に歯の隙間から逃げ出し、久留米を煽《あお》る。

明かりは点《とも》さなかったので、部屋の中は薄暗い。だがつけっぱなしになっていたフットライトだけでも、目が慣れてしまえばかなりの視野が得られる。

自分の下で細い肢体がうねるのを見ながら、久留米も自分を制御するのに必死だった。魚住を怯《おび》えさせないように、ゆっくりと、細心の注意を払おうという気持ちの後ろで、激情に任せて乱暴に侵略してしまいたい気持ちが叫んでいる。自分でもわけがわからなくなりそうだった。

「……あ……」

焦点の合いにくい瞳《ひとみ》がなにか言いたげに、自分を見つめている。

自分だけを見ている。

ずっとこんなふうに、魚住に見つめられたかったのだと久留米はいまさら気がついた。

助けを求めるように、差し伸べられた右手首の包帯が外れる。白い蛇のように、魚住の肩に胸にと落ちるそれは妙に蠱惑《こわく》的で、同時に危うい。

包帯を薙払《なぎはら》い、ガーゼだけになった手首をそっと取り口づける。

隙間から色の変わった、深く醜い傷痕《きずあと》が見える。おそらく消えることはないだろう。これは魚住の弱さの徴《しるし》だ。誰にでも、おそらくは久留米にも潜んでいる弱さを、魚住は隠しもせずこの細い手首に刻み込んだ。

ならばその傷すら大切な魚住の一部だ。

手首を捕らえたまま、指先までくちびるでなぞる。

指の間を舌先で、擽《くすぐ》るように愛撫《あいぶ》すると、魚住が小さく啼《な》く。

「ふ……あぅ……」

吐息交じりの声は、久留米の胸に甘く響く。もっとじっくりとその声を聞きたいのに、自分の身体が暴走しそうだ。

血液が沸き続ける。ちっとも冷えない。

細い身体を探れば探るほど、熱くなる。

この熱。高揚。自分でも、こんなふうになるとは想像していなかった。初めて女を抱いた時だって、もう少し落ち着いていた気がする。

脚を開かせる。

魚住は素直に従うが、時折反射的にしてしまう抵抗だけはどうしようもないようだった。久留米がそこに指を絡めた時も、身体を捩《ねじ》って逃げようとした。

「あっ。だ……くる、めっ」

「こら。逃げるな」

いまにも弾《はじ》けそうな魚住を愛撫する。この場合、自分がされたらいいだろうことをしてやればいいのだから、そう難しくはない。震えるそれを、手の中に収め、濃《こま》やかに愛《いと》おしむ。魚住がぎゅっ、と目を閉じる。

いくらも保《も》たないであろうことは、すぐにわかった。久留米の腕に食い込んでいた細い指が落ち、シーツをかき寄せるように摑《つか》む。

「や……ンッ、……あ、あッ」

久留米の鼓膜を通過して、脳髄まで溶かしそうな声を上げ、魚住の背中が浮くほどに仰《の》け反った。衝撃に耐えきれず閉じられた瞼《まぶた》までが震えている。掠《かす》れた小さな喘ぎと共に、魚住が禁を解く。

呆気《あっけ》ないほど早い陥落だった。

「あ……ご、ごめん……」

小さく、魚住が謝った。

「ああ？　いいんだよ早くたって。女としてるわけじゃないんだから」

「ち、違う……あの。手…汚し、ちゃって……」

まだ治まらない息のまま、頬を紅潮させてそんなことを言いだす。

「……あのな、おれたちいまなにしてんだ？」

「セ……セックス？」

不安定に語尾を揺らしながら魚住が答える。潤んだ目が窺《うかが》うように久留米を見る。

「そう。だから気にすんな。バカ」

呆《あき》れながらもそのバカさ加減がどうにも魚住らしくて、久留米は頬を緩めた。

どうせ替えるシーツの端で、いいかげんに手を拭《ぬぐ》い、達した後の脱力感に浸っている魚住に口づける。耳を噛んでやると、喉《のど》を鳴らせ、蕩《とろ》けるような声で久留米を呼ぶ。どうやら自分は、この声に弱いらしい。

僅《わず》かにビブラートする、せつない声をもっと聞きたくなる。

もっともっと啼かせたくなる。いまだけでも、自分だけのものにしたくなる。

徐々にセーブを失っていく久留米の愛撫に、魚住が苦しげに顎《あご》を上げ、汗の光る喉を曝《さら》す。その、艶《なまめ》かしい首筋にくちびるを寄せた。

優しく口づけるつもりだったのに、荒っぽく歯を立てたい欲望に抗《あらが》えない。いっそ食い破ってしまいたい。自分の中の獣じみた血がそう叫んでいるのがわかる。

魚住のすべてを手に入れたい。

無理だと知りながら、その想いは激しく胸を焼き、久留米を苦しめる。

「や、久留米、まっ……あッ？　ウ、ふ……あァ……！」

身体の奥まで指を進めながら、久留米は薄い皮膚を強く吸った。


いつのまにか、うつらうつらしていたようだ。

ふと目を開けると、魚住が自分を見ていた。夢の続きでも見ているかのような目が、瞬《まばた》きをひとつした。

「起きてたのか」

「ん」

掠れた声が答える。

「眠れたか？」

「うん……夢を見た」

「どんな」

「……スキヤキを食べようとしてたら、おまえが鍋《なべ》を持って逃げてく夢……」

「なんだそりゃ」

魚住の前髪を梳《す》く。指の間から、髪はサラサラと逃げていく。

「追いかけていったら……逆に捕まえられた」

「わかりやすい夢だな」

そう言うと、ふふ、と魚住が笑った。見蕩《みと》れてしまうような笑顔に、久留米までつられて笑みが浮かぶ。

煙草が欲しくなって、半身を起こす。とても静かだった。そういえば、またあらためてスキヤキをしなければならない。響子さんには悪いことをしたなぁ、と久留米は少し反省する。

「あのさ。明良くんの話だけど」

夜中に久留米が持ってきたペットボトルの水を飲みながら、魚住が小さく言う。

「三鷹？」

「久留米なんで明良くんのこと知ってるの」

「ああ」

床に落ちていた上着に手を伸ばし、煙草と携帯灰皿を出した。

「パソコン研修の初級者コースの講師が三鷹だったんだよ。あいつ大学でバスケ部だったろ。おれ時々練習に交ざってたから顔も知ってた」

「ああ……そうか」

「飲みに行くようになって、ひと目惚《ぼ》れの話だの聞かされて。まさか相手がおまえだとは思いもよらなかったな、さすがに」

「ひとめぼれ？」

久留米の煙草から流れる煙を、魚住の目が追っている。それは天井に当たってゆらゆらと拡散していく。

「もしかして明良くん……おれのことが好きだったの？」

「鈍いね、おまえ。半年以上見てたって言ってたぞ。べたぼれだよ」

久留米がそう言うと、魚住は黙って俯《うつむ》き、やがて毛布に潜ってしまった。

「おい。どうした」

毛布が魚住の形になる。

「魚住？」

煙草を消して毛布を剝《は》ぐと、身体を丸くした魚住がなんとも情けない顔をしている。

「気がつかなかった……」

「もう、いいんだよ。話はついたんだ」

「え」

「おれと三鷹が話したんだから、もういいんだって」

「……なんで……なんでおれ抜きで話が進むんだよ」

「なに怒ってんだ？」

魚住に睨《にら》まれて、久留米も憮然《ぶぜん》とする。普通ここは、甘いピロートークとか、そういう展開になるのではないか。

「なんなんだいったい。おまえ、もしかして、三鷹を好きだったのか？」

「……おれが好きなのはおまえだよ」

上擦った声だが、はっきりと魚住は言った。それを聞いてしまうと、久留米はたちまち腑《ふ》抜けてしまいそうになり、あえて眉間《みけん》に力を込める。

「怒ってんのは、自分にだよ。信じられない鈍感さだ」

それはその通りだなと久留米も思う。

「そうだよ。サンドイッチだってパエリアだって……なんの意味もなく、あんなにしてくれるわけないんだ考えてみれば……」

おお、よく自分で気がついたと感心した。魚住の進歩を感じる。一年前の魚住だったらフウンと唸《うな》って終わりだったかもしれない。

「わかってたら……気がついてたら……せめて自分でちゃんと言えたのに……それくらいはおれにだってできたのに……なのに、全部おれの知らないまま話が終わったなんて……そんなのって、あんまりだ」

久留米に背中を向けたまま、ぐずるように言う魚住の背中をポンポンと叩《たた》いてやる。

「いいじゃねーか。おまえはラクだったんだから」

「……そう……だけど……」

魚住は再び頭から毛布を被《かぶ》った。

「おい。なに拗《す》ねてる？」

久留米は毛布の上から、頭のある位置を指先でグリグリと悪戯《いたずら》する。

「べつに拗ねてなんかない」

「じゃあ顔出せよ」

もぞもぞと魚住が動く。久留米のほうを向いたようである。だがまだ出てこない。

「もし、さ」

毛布の下からくぐもった声が言う。

「もし、って……想像するとさ。もし、おれが明良くんだったら。それで、久留米がおれなわけ。おれはおまえのことがすごくすごく好きで、ずっと見てきたのに、おまえは別の奴が好きだったら……そしたらおれはどうしよう？　どうしたらいいんだろう？　こんなふうに抱き合えないんだ。いつまで待っても無駄なんだ。おまえは別の誰かを抱くんだ。そんなの、そんなの……」

強引に毛布を捲《まく》ると、魚住は伏せていた目を、ゆっくりと久留米に向けた。

「そんなの、すごくイヤだ。辛《つら》い」

「……ああ」

魚住が伸ばしてきた腕を搦《から》め捕り、抱き寄せる。久留米の背中に腕を回しながら、耳元で小さく魚住が呟《つぶや》く。

「……おれもいつか、そんな思いをするのかな？」

——おまえはいままでさんざんしてきたんだろうが、そんな思いを。

久留米は口にしかけた言葉を呑《の》み込んだ。

魚住は恋愛以前の問題で、子供の頃から、どんなに必要な人も、大切にしていた人も失い続けてきた。孤児という生まれ自体、最初から親という存在を喪失しているのだ。その後も、養子先の家族を失い、さちのを失い……乾き過ぎた両手で、幾度も砂を掬《すく》っては零《こぼ》すような人生だ。

魚住はそうやって生きてきたのだ。

「とりあえず、いまはいいだろ。おれはここにいるだろ」

魚住の体温を直《じか》に感じながら言った。なんの隔たりもなく、皮膚と皮膚が触れ合うのが心地よい。

「……うん」

「先のことを考えても仕方ない。衛星まで飛ばしても、明日《あした》の天気だって一〇〇％はわかりゃしねぇんだ」

「……ん」

白い頬にそっとキスを落とす。

なんだかこんな仕草は恋人めいていて、久留米は突然恥ずかしくなった。あれほど夢中で抱いておいて、いまさら恥ずかしいもなにもあったものではないが、どうにも照れくさいのだ。そもそも女の子とだって、いちゃいちゃできる性格ではない。ごまかすために、乱暴に魚住を胸に押しつけて、顔を見られないようにした。

「明良くんに、ちゃんと謝らなくちゃ」

「好きにしろ」

魚住が他人の気持ちをこうまで気にするとは、久留米にも驚きだった。自分のことすらわかっちゃいない魚住に、そんな高等な想像力があるとは知らなかった。マリが聞いたらさぞ驚くだろう。

……そういえばマリにはあとでフォローを入れないと、とんでもないことになりそうだ。松坂牛の恨みは怖い。しかも昨夜の顚末《てんまつ》も、事細かに聞かれそうな予感がする。考えれば考えるほど、久留米は昨晩の自分が信じられない。人前で、魚住を寝室に連れ込んで抱いたのだ。

しかしあの時は、とても後日にしようという気にはならなかった。目の前の魚住しか見えなかった。欲しくて欲しくて、喉《のど》どころか、身体中から手が出そうなほどだった。

魚住は眠くなってきたらしい。頬を久留米の胸に擦《す》りつけ、小さな欠伸《あくび》を漏らす。

それが伝染するように、久留米もぼんやりとした睡魔を感じる。
カーテンの隙間から弱い光が入り込んで、床に縞《しま》模様を作っている。夜が明けたのだ。
何時なのかはよくわからないが、いずれにせよ休日である。
もうしばらく眠ろう。腕の中の身体は、すでに小さな寝息を立て始めている。
このままで眠ろう。
こんな朝は、人生のうちにそう何度もありはしないのだろうから。

久留米はゆっくりと瞼《まぶた》を閉じた。

マスカラの距離

【月曜】


目の前を十五センチはあるポックリのような踵《かかと》が通り過ぎていく。靴底が、吐き捨てられたガムを踏んだ。それは嫌な生き物のように、アスファルトと踵の間でぐにゃりと粘る。

「散っちゃう前にさー、御苑《ぎょえん》で花見してえじゃーん？」

細いX脚の少女は、ガムに気づかないまま、痛々しいくらいに汚い言葉を吐き出す。

「でも御苑ってェ、酒持ち込めないしぃー」

紫色のミュールを履いた相棒がそう答えると、ブーツの少女はウッソ、マジ、ムカツクーとリズミカルに言った。ちょっと歌みたい、と馨《かおる》は思う。

花見。桜。少し歩けば新宿御苑《しんじゅくぎょえん》だ。もう見頃になったのだろうか。だがとても行く気にはならない。歩きたくない。それにあの公園は有料なのだ。

四月……家を出て半年近くが経つ。

最初のうちは順調だった。知り合いのそのまた知り合いという二十歳前後の男と、アパートをシェアして借りた。シェアといっても狭くて格安の物件だ。それでもねぐらがあるだけで十分だった。バイトをかけもちして、ダンススクールの入学金も八割方まで貯《た》まっていた。

まさか、それを同居人が盗んで、忽然《こつぜん》と消えるとは思ってもみなかった。

逃げた同居人を捜し回っている間に、バイトは解雇された。渡していたはずの家賃は、四か月滞納されていて、アパートにも帰れなくなった。春とはいえ、夜は冷える。小さな公園のベンチで震えていたら、ホームレスのオジサンが段ボール箱と新聞紙をくれて、それをどう組み合わせたら暖かくなるのかを解説してくれた。

「いくつだい？　十七？　悪いこたぁ言わねぇ、早いとこ、家に帰ったがいいよ。女の子がこんなとこいンのは、危ねェ」

「……あたし、こんななりだけど、女の子じゃないの」

「そうかい。まァ、女の子じゃなくても、帰ったがァ、いい」

あのオジサンはどうしてるだろう。

座り込んだ道路の縁石に、根が生えてしまったようだ。動けない。とても寒く感じるのは空腹のせいか、あるいは日が暮れて気温が下がったのか。

目の前に、道路を挟んでハンバーガー屋がある。その店先のゴミ箱から目が離せない。食べきれないポテトを捨てる人の、なんと多いことだろう。ああ、ほら、また。

ごくり、と唾《つば》を飲む。

あのダストボックスに手を突っ込んで、まだぬくもりが残っている食べ残しを摑《つか》み出したら——店員に追い払われるだろうか。あるいは周りの人々の嘲笑《ちょうしょう》を浴びるだろうか。

厄介なのは、空腹感よりもまだ僅《わず》かに勝る羞恥心《しゅうちしん》だ。

天下の新宿歌舞伎町《かぶきちょう》、残飯など探せばいくらでもある。でもできない。そこまで、思い切れない自分が、かえって惨めだった。コンビニで万引きしようか。だめだ。捕まって補導され、家に戻されるのは避けたかった。

あの家には——居場所がない。

泣きながら自分を殴る母と、完璧《かんぺき》なまでに自分に視線を向けない父。そんな家に戻る気はない。こんな自分を理解してくれという要求は、両親には酷過ぎるのだろう。離れていたほうが互いのためなのだ。

それにしてもポテト。

揚げたての。いや揚げたてでなくてもいい。冷めかけてベチョッとしていてもいい。塩をかけ過ぎて辛いのでもいい。

食べたい。

腹が減って、目が回りそうなのだ。

「あんた、昼間もここにいたね?」

頭の上から落ちてきた声に、馨はギクリと顔を上げた。補導員かと思ったのだ。

違った。こんな補導員はいない。

流行のパステルカラーを全面否定するような黒いスプリングコート。白いシャツの襟元にボウタイが見える。ボトムはやはり黒で、マニッシュなパンツ——これは、いわゆるバーテンダーの格好ではないだろうか?

ずいぶんと美女のバーテンダーだ。買い出し中なのだろう。レモンやナッツの入ったポリ袋を下げている。

「…………」

「アラ？　ふうん、男の子ね？　……あんた、もしかして腹減ってんの？」

馨は頷《うなず》いた。ほとんど反射的に顎《あご》が下がった。警戒心は慣れない空腹に抹殺されてしまっていた。

「ニャーって言ってごらん？」

「……え」

「あたしネコが好きなのよ。でもなにしろ移動の多い生活で、飼えなくて悔しいの。だから可愛く、ニャーって言って」

さすがにしばし黙した。からかわれているのだろうか。

だが、自分を見下ろす美女はいたって真面目な顔のまま、馨が鳴くのを待っている。

「に……にゃあ……？」

可愛い声には程遠い、ひっくり返った珍妙な声になった。それでも美女は、嬉《うれ》しそうににっこりと笑う。そして座り込んでいる馨に手を差し伸べた。

「おいで」

文字通りの猫なで声。馨は、自分が本当に捨て猫になったような気がした。腹を減らした、惨めな、やせっぽちの猫。どこにも、行き場のない野良。

おずおずと腕を伸ばす。

触れた手は思ったよりはかさついていて、けれども温かかった。


【水曜】


携帯電話の着信メロディが鳴っている。

布団に潜るようにしていた馨は、鳴りやまない音に根負けして顔を出した。カーテンの隙間から射し込む光はさして強くはない。もう夕方なのだろう。

「マリ姉……ケータイ鳴ってる……」

「ん〜……」

「ねえ。さっきからずうっと鳴ってるよォ」

「ん〜。ちょっとあんた出て……男でデートの誘いだったら断ってよ……」

「なんて言って断るの？」

「……飼ってたヒヨコが死んだばかりだから、そんな気になれないって……」

「え～。知んないよ。ホントに言っちゃうかんね、もォ……」

マリの寝ているベッドの下、そこから着メロは流れ続けている。手を突っ込んで取ると、銀色は埃《ほこり》まみれになってしまっていた。

「もしもォし」

『……あれ……？』

「マリ姉はいまちょっと、出られなくて……えっと、誰？」

『魚住……ですけど』

「うおずみ？」

馨がそう発した途端、にゅっ、とマリの腕がベッドから伸びた。

人差し指が二回、ひょいひょいと動いて携帯を寄越《よこ》せと合図する。手のひらに携帯を載せると、ようやく寝ぼけ眼の顔が布団から出てきた。

「もしもし。魚住？　あたしよ。どしたの、こんなに早くに……え？　早くないの？　あらホントだ。うん寝てた。ああ、べつにいいの……うん……うん」

半身を起こしてマリが目を擦《こす》りながら喋《しゃべ》っている。

普段より、一割増しくらいで優しい声音のような気がした。自分を拾ってくれた時の声もたいそう優しかったが、それとはまた少し違う。あれは愛玩《あいがん》動物への声だったのだ。

対人間用ではなかった。

いまは、マリ自身も相手に気を許しているような、そんな喋り方をしている。

「夜桜？　……はァ……濱田センセ好きそうだわ。結構、俗物なのよねェ……でもあたし夜の仕事してっからさぁ、ムリよそれ。……え？　ううん、キャバクラじゃないわよ。友達がバーテンしてんだけど、その子が海外旅行中でさ。いまはその代打よ。あたし、シェイカー振れっからさ。うん、新宿。今度飲みに来なよ」

親しい友人だろうか。恋人という感じでもない。

拾ってもらって三日目になるが、馨の見ている限り、このはすっぱな美女に男の影は感じられない。店に来る客の中には、あからさまにマリ目当ての人間もいる。しかも男女を問わずである。けれどどの相手とも、その場限りの楽しい会話だけで終わり、閉店後に誰かと姿をくらますことはない。

──こんなに、綺麗《きれい》な人なのに。恋人いないのかなぁ。

素朴な疑問として、そう思う。聞いたことはない。

「残念だけどさー、濱田センセによろしく言っといてよ。あ、それとさ。久留米にスキヤキの恨みは忘れてないからって伝えて。……なんであんたがそんなに恥ずかしがるのよ。アハハハ、バッカねー」

それじゃまたね、と電話が終わった。Tシャツに短パン姿のマリがベッドを下りて伸びをする。

「……嘘。もう六時じゃない。馨、起きな。店行かなくちゃ」

マリのすべらかな脚に見蕩《みと》れながら、馨ものそのそと布団を出る。

すね毛がないって便利でいいなぁという呟《つぶや》きは、マリに届いてしまったようだ。

「なに言ってんのよ。女にだってすね毛くらいあるわよっ。ちゃんと手入れしてっからないように見えるの」

「あ、そっか」

「あんただけが苦労してるって思ったら、大間違いなのよ女装少年」

「マリ姉。その呼び方やめようよぉ」

「女装少年は女装少年じゃない。だってあんた女装してんだもん」

「そうだけどさぁ……」

「でもって、自分が男だって認識はあんでしょ？　ぶらさがってるモンを、これは違う、って取ってしまいたいとかじゃないでしょ？」

「と、取らないけど」

「じゃ、TSでもないし。やっぱ女装少年じゃん」

煙草を挟んだ指を、ピシッと向けられ、馨は次の言葉が出ない。TSとは確かトランス・セクシャルの略だ。馨が以前読んだ新聞記事では、身体と心の性が一致しない人のことだと書いてあった。馨の場合、男の身体であることに違和感はない。けれど『男らしく』『男なんだから』と言われるのは大きなストレスだった。

「うー。さあて、バーテンに化けるかなァ。シャツ、アイロンしといてくれた？」

「うん。そのハンガーにかかってる」

「あんたも化けなさい。ホントは男なんだけどいつも女装してて、それがまた男装している可愛い女の子みたいなボーイに。ああ、ややこしい。けど、客にはなかなか好評で千代子《ちよこ》ママも喜んでたわよ」

それを言うなら、マリだって男装の麗人という言葉を思い起こさせるようなバーテンダーぶりである。

普段店でカクテルの類《たぐい》を作っているのはこの部屋の主《あるじ》で通称リンダという、女性の格好をした男性だそうだ。リンダの部屋は非常にファンシーで、ベッドには大きなキティちゃんのぬいぐるみがいるのだが、夜ごとマリに蹴《け》飛ばされている。ちなみに千代子ママは、女性の格好をした女性だ。

現在バリ島に遊びに行っているリンダのために、マリは一週間の留守番をしている。飼っている熱帯魚の世話と、リンダの仕事の代行。さっきの電話でもそう話していた。

つまり、マリはここに住んでいるわけではない。バーテンダーも本業ではない。マリという名前が本名なのかも、馨にはわからない。年は二十代の半ばくらいに見えるが、本当は何歳なのかはわからない。わからないことだらけだ。

それでもマリといると安心できた。たった二日ですっかり懐いてしまった自分が、不思議なくらいである。あの時、よほど心細かったのかもしれない。あるいは、泣きたくなるような空腹を解消してくれた相手だからだろうか。御馳走《ごちそう》してもらったハンバーガーとポテトの味は一生忘れないだろう。

いずれにせよ、マリのそばは居心地がいい。

拾われた猫としては、飼い主の素性などより、その日の食事と寝床と、なにより言葉をかけてくれることが大切なのだ。


「四面楚歌《しめんそか》」

バーテンダー姿のマリが言う。

「開店休業」

欠伸《あくび》を嚙《か》み殺しながら、マリより一回りは上であろう千代子ママが答える。

「有象無象」

「紆余曲折《うよきよくせつ》」

店はこぢんまりとしたバーだ。

ボックス席がふたつにあとはカウンター。場所は奥まっているし、客のほとんどは常連で、しかもその客もまた水商売だったりするため、遅い時間にしか現れない。今夜も閑古鳥が鳴き、千代子ママとマリは暇にあかせてしりとり遊びをする。

「対馬海峡《つしま》」

「ちょっとママ、地名はダメよ」

「ケチ。つ、つ……ちょっと馨チャン、助けなさいよ。つ、のつく四字熟語なぁい？」

「え。えっと……追突注意？」

ダスターで汚れてもいないカウンターを拭《ふ》いていた馨が答える。だが、抑えたベージュのくちびるをツンと尖《とが》らせて、マリに抗議されてしまった。

「だめよ、それも。ナントカ注意、っていくらでも作れるじゃないそんな熟語」

千代子ママはニット生地のタイトなワンピースの下の身体をくねくねさせながら、考え悶《もだ》えている。腹部の贅肉《ぜいにく》が動くのが、目で追えてしまう。全体的に肉づきが良い人で、コロンと可愛い印象がある。

「あ〜出てこない〜。つ〜」

「そんな眉間《みけん》にシワ寄せてっと、ぶ厚い化粧にヒビが入るわよぉ」

「失礼な小娘ねっ」

「ママのメイクは古過ぎんのよ。そのうちお歯黒始めるんじゃないの？　馨を見習ったらいいんだわ。……しっかし、あんたホントにマスカラつけんのうまいわねぇ」

まだ火のついていない煙草を銜《くわ》えたまま、マリがカウンター越しに馨の顎《あご》に指をかけた。いきなり近くなった顔に馨は一瞬言葉を失う。まるでキスの距離だ。

「どうやったら、ダマになんないの？」

「コームで……丁寧に梳《と》かして……」

自分の心音が耳の奥で聞こえるような気がする。

「あァ。もともと睫《まつげ》毛長いんだわねぇ。魚住みたい」

「魚住？」

「ほら、今日の起き抜けの電話。睫毛バサバサさせてるボケた子なのよ」

いまひとつわからない説明をして馨の顎から指を放し、マリは煙草に火をつけた。それを見た千代子ママがアンタ吸い過ぎよ、と窘《たしな》め、続けて馨に聞いた。

「馨チャンいくつから化粧してんの？」

「えっと。十三くらいかな……」

「中学生じゃないのそれってぇー。ンモウ、最近の子ってば！」

その言葉に馨は笑ってしまう。男の子なのに、ではなく中学生じゃない、が先にくるとは思わなかった。

「あのさー。モーションかけてくる輩《やから》がいるかもしんないから、ママとして聞いておくんだけど、あんたゲイなの？」

「え。チガウと思う……」

「じゃ、女の子が好きなの？　女の子になって女の子とつきあいたいの？」

「女の子になりたいっていうか……」

チュチュが、着たかったのだ。

すべての始まりは白いチュチュだったと思う。

五歳の頃、喘息《ぜんそく》を治すために始めたバレエだった。勧めたのは叔母《おば》、つまり父の妹だ。父とは仲が悪かったのだが、甥《おい》っ子の馨のことはとても可愛がってくれた。残念ながらすでに他界している。

子供用のバーに摑《つか》まってプリエをしながら、馨は自分も上手になったら、白鳥の白いチュチュを着られるのだと思っていた。その後、男の子はオデットを踊れないのだと言われて愕然《がくぜん》とした。ジークフリート王子に興味はない。

舞姫に、なりたかったのだ。

そうだだをこねた時の、父親の顔が忘れられない。そもそもバレエ自体、女の習い事だと反対していた父は、ひとり息子があの衣装に憧《あこが》れていると知り、烈火のごとく怒った。母親が責任を問われて殴られるのを見て、幼かった馨は泣き喚《わめ》いた。なにがそんなに父の機嫌を損ねたのか、まったくわからなかった。

話を聞いて千代子ママが言う。

「フーン。馨チャンの女装はチュチュの延長線上にあるのねぇ」

そういうことになるのだろうか。確かに、単なる女の子になりたかったのではない。オデットに。オーロラ姫に。ジゼルに、ジュリエットに、シルフィードになりたかったのだ。

「で、いまでもあんたチュチュ着たいの?」

自分用であろう、薄いカンパリソーダを作りながらマリがそう問う。

「それはもうない。これでも、脱げばやっぱりオトコの身体だし……これでチュチュは無理だよ。滑稽《こっけい》なだけじゃん。もっと違う形で、この身体で、女性性を表現するダンスがしたいな」

マドラーと氷が回転運動をして、涼やかな音を立てた。マリは一気に半分まで飲んでしまう。

「げ。薄いと不味《まず》いわ……その、女性性ってなによ？」

「だからさー。女の人の優美さとか」

「男だって優美な奴いるわよ？」

「包容力とか」

「男だって包容力あるのもいる」

「えーと。官能的なカンジ」

「官能的な男いっぱい知ってるわよ？」

「それじゃあ……なんかこう、神々しい母性みたいな……神秘的っていうか」

「なに気持ち悪いこと言ってんのよ」

マリが傷んだものでも食べてしまったかのような顔をした。

「あらー。なんで気持ち悪いのよォ、マリ。いいんじゃないの母性〜。確かに男にはないわねぇ、そりゃ」

「母性はともかく、神々しいだの、神秘的だの、そういう飾り文句がつくとダメ。背中カユクなる」

馨は口を噤《つぐ》んだ。そう言われてしまうと、自分でもわからなくなってくる。女性性だとか、女らしさだとか、実はとても曖昧《あいまい》な言葉なのかもしれない。憧れていたイメージたちが、ぼやけて遠のく。

「馨、べつにあんたをどうこう言ってるんじゃないのよ。ただ、どうせなら、オトコとかオンナにこだわらないほうが楽しいんじゃないかって思っただけでさ」

「……でも、それ、難しくない？」

「いいじゃん。難しくてもべつに」

あっけらかんと言われた。

それはそうだ。楽をしたいと思っているわけではない。勉強は嫌いだったが、ダンスのためなら、どれほど苦しくてもかまわないと思っている。難しくても、躓《つまず》いても、やめるつもりはない。

意地でも古典《クラシック》のオデットを踊りたいのならともかく、コンテンポラリーなど、舞踏の世界には性を問わない演目もある。それらのジャンルも決して嫌いではない。その世界に入っていくのなら、女装して生きる必要もない。

ではこの女装の意味はなんなのだろう。

どうして自分は、親に殴られながらも、女の子の服を選び続けたのだろう。

混乱してきた。ずっとこだわり続けていたものの根っこが、いまになって見えなくなってくる。

不安に、なる。

「母性で思い出したけど。馨チャン、たまには家に連絡してんの？　おかーさん、心配してんじゃないのォ？」

千代子ママに聞かれて、馨は「平気だよ」と答えた。

「……女装癖のある息子なんか、いないほうがまだ世間体いいもん」

それに、自分がいなくなったほうが、酔った父親に母が殴られることも減るだろう。

「せっかく珍しい息子なのにねー。ハハハハ」

笑い飛ばしたのはマリである。千代子ママはたまには連絡してあげなよ、とかなり描き込んだ眉《まゆ》を八の字にした。馨は聞こえないふりをして蛇口を開け、ダスターを濯《ゆす》ぐ。

ドアの軋《きし》む音がした。客である。

「いらっしゃいませ」

愛想のいい商売声で千代子ママが迎える。

ごく地味な背広姿の中年男性だった。五十前後だろうか。落ち着かない素振りで店内を見回している。雰囲気としては、こんな新宿の奥まったバーよりも、銀座界隈《かいわい》の和服のママがいる店が似合いそうだ。馨はおしぼりの用意をする。

「あの……。こちらに、鞠谷《まりや》優子《ゆうこ》さんはいらっしゃいますか……？」

「——どちらさまでしょう？」

そつのない笑みを浮かべたまま、肯定も否定もせずに千代子ママは尋ねた。

「あ。失礼しました。私はこういう者でして」

名刺が出された。カウンターの中のマリはそ知らぬ顔でグラスを磨いている。

「光森《みつもり》さん……お医者様？」

「ええ、逗子《ずし》で神経内科のクリニックを営んでおります。探しているのは、私の患者さんの娘さんなんです」

カツン、と必要以上の音を立てて、マリがショットグラスをカウンターに置いた。

千代子ママはマリと視線を合わせた後、無言で頷《うなず》いて客の前から退く。

「私が鞠谷優子ですが」

「ああ、そうでしたか。よかった……やっとお会いできました」

光森と名乗った客は、安堵《あんど》した表情を見せた。馨は初めてマリの本名を知って、少しだけ驚いた。『マリ』は下の名前だとばかり思っていたのだ。

どうぞ、とマリに誘われて光森はカウンターに腰掛ける。馨はおしぼりとコースターを置いた。近くで見ればその背広が安物ではないのがわかる。

「なにかお飲みになりますか？」

「すみません。車で来てしまったもので」

マリは頷くと、馨に向かってウーロン茶を、と指示した。

アルコールではない飲み物の用意は、馨の仕事だ。簡単なカクテルの作り方も教えてもらっている。グラスに氷を入れながら、背中でマリと光森の会話を聞く。

「よくここがおわかりになりましたね」

「探しました。お母様もあなたとは音信不通だと仰《おつしや》るし……母校の大学などを訪ねさせていただいたり……なかなか苦労しましたが、見つかってよかった。ご迷惑かとも思ったのですが、どうしてもお話ししたかったのです」

「母になにか？」

いたって冷静な声だった。いつもの乱暴だが温かみのある口調とはまったく違う。

「お母様はお元気です。今日伺ったのは、ええと……その、ですね」

光森の声が小さくなる。俯《うつむ》きがちになり、馨が出したウーロン茶に向かって、ありがとう、と会釈をした。

「光森さん。母と、結婚なさるおつもりなんでしょう？」

「え」

光森の両肩がクッと上がった。驚いたらしい。嘘のつけないタイプかなぁ、などと馨は観察する。

「実は、そう、なのですが。いや、まいったな……さすが娘さんだなぁ」

「三人目ですから」

「は？」

んでした？」

「母と結婚するから、と私を訪ねてきたのは光森さんで三人目ですよ。母から聞きませ
「あ……以前にも求婚されたことがあるのは知っていましたが……」

マリはカウンターに置きっぱなしにしていた煙草を手に取って、ことさらゆっくりと一本抜いた。誰かに火をつけてほしい時はそうするのがマリの癖らしい。馨はポケットからライターを取り出して火を差し出す。

薄暗い店内で、ライターの火がマリの綺麗《きれい》な額を照らした。光森が、まるでいけないものでも見てしまったかのようにぎこちない咳払《せきばら》いをする。

「そう。結局、結婚にこぎ着けませんでしたね、前のおふたりは。どんな事情があったのかは知りませんけど」

長い煙草はマリの指に似合う。

馨は煙草は嫌いなのだが、あんなふうに扱えるのならば、ちょっといいかもなどと思う。マリには中学生的発想だと笑われたのだが。

「光森さん。私と母はもう縁が切れているも同然なんです。ですから、結婚に関して私が口を挟む理由はないですし、そちらで自由にしてくださって結構ですよ」

「そんな。だって、もう……ふたりっきりの親子なのでしょう？　私は、結婚式にも出ていただきたいと思っているんです。私も再婚ですが、息子を同席させますし、その、差しでがましいようですが、優子さんと養子縁組をさせていただきたいと考えて……」

「お断りします」

光森の言葉が終わる前にマリは答えていた。平淡な口調だけに、とりつく島もない。

「優子さん……」

「私はとっくに成人してますので、いまさら母の夫の養子になる必要はありません。万一の時に、相続で揉《も》めるだけです。それから、結婚式もお断りです。あの人のドレス姿を見たいとは思わないし、あの人もおめでたい場に私にいて欲しくないはずです。かといって、反対もしません。興味がないだけです。どうぞ母とお幸せに」

光森は困惑した顔を隠すこともできず、しばらく黙っていた。バーバリーのハンカチでしきりに汗を拭《ぬぐ》う。マリはただ煙草をくゆらせている。

こんなに静かなマリを見るのは初めてだった。

ふだんは機関銃のような毒舌で、客たちとアップテンポに騒いでいるのだ。バッカねー、アンタ、死んでも治らないバカよね、でもみんなだいたいバカだから大丈夫よ、あたしだってそうなんだし、心配することないわよ……そんなふうに喋《しゃべ》っているマリと、いまのマリと、どちらが本当の彼女なのか。寡黙なマリには独特の威圧感があり、怖いくらいだった。

千代子ママも奥に引っ込んで出てこない。

重たい空気が流れ、まるでマリが光森を苛《いじ》めているかのようにすら見える。

やがて、馴染《なじ》みの客がふたり連れで入ってきたのを機に、光森は席を立った。

このお店のカードをいただいていいでしょうか、と馨に聞く。

マリは小さく首を横に振って、渡すなと合図を送ってきた。だが、馨はどうにも光森が気の毒に思えて、ついカードを差し出してしまった。それには店名と電話番号が入っている。

また、連絡させていただきます。

そう言って光森は去っていった。

その夜は、さんざんマリに詰《なじ》られた。

「あんたはもーっ！　なんであのオッサンにカード渡す！　このバカタレ！」

「だぁってぇ〜。なんか可哀相だったんだもぉーん。いいじゃん、マリ姉、なんでお母さんの結婚式出ないのよお。再婚を祝ってあげればいいじゃんか」

「祝ってるわよ心から！　あのクソ女の面倒を見てくれる男がいて、しかも籍まで入れようってんだから、こっちは万々歳だわよ！」

「じゃあ結婚式行きなよお」

「ウルサイ！　あんまニャーニャー言ってると口に鰹節《カツブシ》突っ込むわよ！　人のことより、自分の心配しなっ！」

　ベッドの上に腰掛け、目元用のシートパックを両手で押さえながら、マリが足先で馨を追い払う。馨は身軽にその攻撃を避《よ》け、布団に潜り込んだ。そろそろ、空が白む時間帯だ。今日は少し早めに起きて、千代子ママが紹介してくれたアパートを見に行く予定になっている。大久保《おおくぼ》にある、ほとんど外国人ばかりの古い物件らしいが、格安だし、そこならば千代子ママが保証人になってくれるのだ。

「ねえ……マリ姉。お母さん、キライなの？」

「キライ。なめたけの瓶詰めくらいキライ」

なめたけの瓶詰めは美味《おい》しいと思うのだが、それは黙っておいた。

「お父さんと、離婚しちゃったから？」

「離婚じゃないわ。死別よ」

光森が、もうふたりきりの家族、と言っていたのを思い出す。ふたりとはつまりマリと母親なのだろう。

「ごめん……死んじゃったんだ……」

「ひとりで死ぬんならともかく、派手な交通事故起こして他人様《ひとさま》三人巻き添えにして死んだわ。その時あの女なんて言ったと思う？　死んでよかったのよ、って。生きてたら、先方の家族や親戚《しんせき》に顔向けできないわって」

「うーん。でもそれはさあ……たぶん、お母さんだって悲しかったんだと思うよ」

「どうだかね。なんにしても、あの女とあたしは徹底的に合わないの」

パックの後マリは、おそらくリンダの秘密兵器であろう目元専用高級美容液を、躊躇《ため》《ら》いもなくどばっと使った。

「合わない？」

「苦手なのよ、ああいうタイプ。自己愛が極端に強いのに、それにまったく無自覚っていうか……見るとわかるわよ。オーラ出てるから」

自己愛のオーラがいったい何色なのか馨は知らない。そんなものが見えるのはマリだけではないだろうか。

「とにかく！」

美容液も塗り終わり、枕を抱いて、マリは背中を向けた。そろそろこの話は終わりにしたいようだ。

「ダメなの。キライなの。どうしても相容《い》れないの。価値観が違い過ぎて、歩み寄れないのよ。あの女を認めると、自分の立ってる場所が崩れるような気がしてたまんないのよ。そんなんなら、離れていたほうがいい。それが一番平和なのよ」

「親子なのに」

「あんたね。親に理解してもらえなくて家出たくせに、なにほざいてんのよ」

そこを突かれると弱い。

「もう寝な馨。今日は忙しいんでしょ」

枕を抱いたまま、マリはベッドに潜ってしまう。これ以上の詳しい事情を話す気はないらしい。確かに、家族の問題を拾った猫に説明する義理はない。馨もそれ以上しつこくするのはやめた。

「……おやすみマリ姉」

「ん。おやすみ」

本当はすごく聞きたかった。隣のベッドに潜り込んで、いい匂いを胸一杯に吸い込み、体温を感じながら、マリの話をたくさん聞きたい。マリを知りたい。

馨は困っていた。

たったの三日で……たぶん好きになってしまったのだと思う。

マリは優しい。

乱暴な言葉と、突き放したような態度。それはまるで、優しくし過ぎることを恐れているかのようだ。いっそ他人になどかまわなければいいのに、馨のような得体の知れない捨て猫を見捨てておけない人。

マリのようになりたいと思う。

優しくて、強くて、美しい女。最初に目が合った時から、引き込まれていた。腹を減らした馨を、小さな獣を愛《いと》おしむような目で見た。温かな瞳《ひとみ》だった。

わかっている。

こんな年下の、しかも女装少年な自分がマリの恋愛対象になるはずもない。だからこそこうして隣で眠ってくれるのだろう。そのへんは、承知しているつもりだ。

馨自身も、マリに対する気持ちが思慕なのか性愛なのか、明確ではない。

触れたい。キスしたい。それは思う。だが、いわゆる征服欲はない。組み敷いて自分のモノにしたい、というよりも……むしろマリに触れてマリに近づき、自分がマリになりたい。そんな気もする。

――ややこしいなァ、もう……。

いっそ、自分が普通の男子高校生だったら簡単だったのだろうか。

年上のお姉さんに健全な欲望を覚えるなら、わかりやすいだろうか。だいたい健全ってなんだろう？　その言葉すらわからなくなってきた。どういう意味だっただろう。自分は不健全なのだろうか。おかしいのだろうか。女の子の格好をしている男は、やはり男を好きになるべきなのだろうか？

疑問が疑問を呼び、しまいにはなにを考えていたのかすら見失い、ただその場でクルクル回る。永遠のピルエットみたいに。

いずれにせよ、マリが好きなのだ。

少し離れた場所にあるその体温が、こんなにも恋しい。

馨は自分の肩を抱いて、目を閉じた。

【木曜】

千代子ママと見に行ったアパートは、なるほど年季が入っていた。

壁は薄いし、風呂《ふろ》はないし、畳は黄色いうえに、煙草の焦げ跡がいくつもある。ついでに水道はうまく捻《ひね》らないと、蛇口ごと外れる。

それでもたまたま出くわした隣のフィリピーナは言った。ここ、住んでるヒト、みんなヤサシーよ。その笑顔が決め手になった。

自分が存外にさみしがりやだったのだと、馨は知る。

千代子ママは古い冷蔵庫を、マリは新品の布団をくれると言った。確かに両方ともないと困る。そんなにしてもらったら悪いという思いもあるが、遠慮している場合ではない。まず生活の基盤を整えなければならない。

ひとりでは、なにもできない。部屋も借りられない。借金すらできない。非合法の仕事に手を出す勇気もない。

子供なのだと実感する。自分の力だけで立つのは、なんと難しいことだろう。

「いらっしゃいま……ああ、来たわね」

「こんばんは」

今夜の最初の客を、マリは親しげな笑顔で出迎えた。赤と緑のチェリーをタッパーに移していた馨は顔を上げ、思わず手を止めてしまった。

綺麗《きれい》な、青年だった。

すらりと背が高く、顔が小さく、歩くと茶褐色の髪が柔らかく揺れる。細い首が際だつ黒いシャツを着ているが、それは彼にはいくらか大きいように感じられた。

「場所、すぐわかった？」

「ん。近くに、たまに行く店があるから……。マリちゃん、似合うね、そのかっこ」

カウンターに腰掛け、青年が感じ入っている。

「うーん。おれが着るより似合ってるよなぁ、きっと」

「なかなか倒錯的で素敵でしょ。魚住、なに飲む？」

ああ、と馨は思い当たった。前に電話をかけてきたあの青年なのだ。

「なんか軽いの。おれ、帰ったら少し論文やんなきゃなんないから」

「すっかり熱心な研究者じゃん。えーと、カンパリ飲めたっけか」

「うん。ちょっと苦いやつだよね？　好き」

「馨。カンパリオレンジできる？」

「あ、ウン……」

昨日教わったばかりだった。シェイカーを使わないカクテルなら、分量さえ間違わなければそう失敗はしない。

「じゃあよろしく。ママ、この子にピザかなんか食べさせてやってくんない？」

「美形にならなんでもサービスするわァ」

千代子ママが冷凍庫から出来合いのピザを出しながら、魚住にウィンクを送る。擽《くすぐ》ったげに受けて、魚住が鼻の頭を掻《か》く。照れているのか困っているのか、あるいは両方か。

「たまに行く店って、どこよ？」

「ブルークロスっていうカウンターバーなんだけど」

ああ、知ってるわ、と千代子ママが口を挟んだ。

「文月クンのとこね。彼もたまーに、ここに飲みに来るわよ。でも、魚住クン、だっけ。あそこにひとりで行ったら、アンタ注目浴びちゃってしょうがないでしょ」

「ひとりじゃないのよ、ママ」

マリが笑いながらそう答えた。魚住はなぜなのか耳を赤くしている。

「そ……そんな話はいいよ。それよか、マリちゃん。光森って人、来なかった？」

「げげ。もしかしてあのオッサン、あんたんとこまで行ったの？」

「うん。研究室に来た。どこ経由なのかわかんないけど、マリちゃんが出入りしてるの聞いたらしい。誰も情報提供する人はいなかったけどね……あ、ありがと」

馨がカンパリオレンジをコルクのコースターの上に置いた。

長い睫毛《まつげ》の下、標準より薄い色素の瞳にはどこか幼い印象がある。

「まあったく、どうやってこの店割り出したんだかねぇ。興信所でも使ったのかしら」

「お母さんと結婚する人なんでしょ?」

「そう言ってたわね」

「ふうん……」

魚住が落としていた目を、ふ、と上げた。尖《とが》り気味の顎《あご》のラインも見事だ。

「ねぇ。マリちゃんちがバラバラになっちゃったのは、うちの家族のせいなのかな」

少し、早口だった。

用意してきたセリフのように。

「違うわ」

そしてマリの返事も早い。

「本当に?」

「あたしがあんたに嘘をついたことがある?」

「……ない」

ふたりの視線はかっちり合ったまま、外れない。なにか、込み入った話なのだろうか。ピザを置いて、千代子ママは奥に引っ込んだ。気を利かせたのだろう。馨も席を外したほうがいいのだろうかと思ったのだが、話が気になってしまう。曇りなどないグラスを磨きながらカウンターの隅に居残る。

「お母さんとは、絶縁してるの？」

マリは煙草を銜《くわ》え、魚住にライターを渡した。慣れない手つきで火が提供される。

「会ってはないわね。でも、残念ながら民法上、親子の縁を切るってできないのよ。親子はどうしたって、親子なんだってさ……けど、今度あの女が結婚する相手とあたしには、なんの関係もないわ。再婚相手の連れ子ってのは、養子縁組の手続きをしない限りは子供にはならないから。そのままにしときゃ、なんの問題もないのに……あのオッサンもなに考えてるんだか」

「それはさ。マリちゃんと、家族になりたいんじゃないの？」

「げ。ごめんだわ。家族には懲りてんのよ。あのシステム、あたしには向いてない」

マリの吐き出す細い煙が、店のアンティークランプに絡みつく。

そっか、と魚住がぽそりと零《こぼ》す。

「じゃあ、しょうがないね」

「そ。しょうがないの」

マリがピザの皿を指先でツイと押す。

「ほらほら、冷めないうちに食べな。もう少し肉つけないと、抱き心地にも問題あるんじゃないの？」

「い……いただきます……」

深刻そうな話は、馨の予想より遥《はる》かに早く終わってしまった。

しょうがないね。

しょうがないの。

拍子抜けするほどの、呆気《あっけ》なさだった。魚住はなにを慌てているのか、タバスコを必要以上にピザにかけている。

「あちち」

長い指を持てあますような不器用さで、チーズの糸が絡まるピザを食べ始める。右手だけではどうにもならず、左手も使えばそちらもチーズまみれになり、まるで綾《あや》取りだ。マリはその様子を面白そうに見守っている。

馨は少し不愉快だった。

親密そうなふたりは姉弟《きょうだい》にも、また恋人同士のようにも見える。少ない言葉でわかりあえる関係に、嫉《しっ》妬《と》した。戻ってきた千代子ママも含めて世間話をしながら、魚住は不器用にピザを食べ終える。

「あ、おれもう行かなくちゃ」

立ち上がった魚住に、新しいおしぼりを渡す。指先に冷えたチーズが固まっているのが見えたのだ。

「ありがと。えーと。……男の子？」

小首を傾げる仕草が幼い。無遠慮なほどにじっと馨を見つめている。一度定まった視線をなかなか外さないのは、この青年の癖らしい。馨は頷《うなず》くだけの返事をした。

「そう。……綺麗だね」

にっこりと、魚住が笑う。その顔に思わず見蕩《みと》れた。透明な水面《みなも》に木蓮《もくれん》の花びらが落ちたような……こんな笑い方をする男には、滅多にお目にかかれないだろう。

「ま。珍しいじゃない。魚住が人の美醜を気にするなんてさ」

「うん？　うん……綺麗な骨格してる」

「なんだ、骨褒めたのね。この子、ダンスやってるから、背筋《はいきん》なんかもすごくイイよ」

マリが馨の後ろに立ち、背中に軽く手を当てた。それだけで、鼓動が速くなってしまう。気づかれたらどうしようという思いが、なおさら動悸《どうき》を加速させる。

「それじゃ、またねマリちゃん」

「ん。みんなによろしく」

ドアの前で、マリが魚住の首に腕を回して軽くハグする。とても自然な光景だった。

「あら。風流ね」

魚住の後ろ襟に隠れていた、小さな桜色をマリが見つけた。

「あ。大学の桜だ。満開なんだよ」

魚住の指先に、マリからそっとはなびらが贈られる。白い指先に乗った薄紅を見て、魚住はまた微笑んだ。まるで映画のワンシーンのようだ。

「気をつけて」

マリに言われてコクリと頷き、ドアを開ける。

はなびらは、たちまち風に乗って逃げてしまった。


魚住が帰った後、店は平日にしては混み合ってきた。十時半という時間帯にカウンターもボックス席も埋まってしまうのは、珍しいらしい。

「やあね、この製氷機も寿命かしら。馨チャン、悪いけどロックアイス買ってきてェ」

「うん」

「馨。ついでに煙草も」

このついでの煙草が曲者《くせもの》なのだ。マリの銘柄は最寄りのコンビニには置いていない。新宿通りにある自動販売機まで足を延ばす羽目になる。

外は、思っていたよりも暖かかった。

春の風が強い。今週で桜は終わってしまうかもしれない。通っていた高校の門にあった古い桜を思い出した。大きなソメイヨシノが一本ずつ、校門の両脇にあったのだ。

ちょうど去年の桜の時期、つまり高校に入った頃を回想する。

馨の引き起こした騒動は学校中を揺り動かした。

女子の制服で登校してきた男子生徒に、教師たちは目を剝《む》いた。もっとも、初日しばらくは誰も気がつかず、出席を取っていた担任教師すら、出席簿が間違っているのだと思ったらしい。馨は言葉も所作もすっかり今時の女子高校生だった。女の子にしては声が低いことすら、みな気に留めないほどの女生徒ぶりだったのだ。

――校則には、男子が女子の制服を着てはならないなんて書いてないです。どうしても、ダメなら退学にしてください。それが正当な退学理由になるのか、あたしは教育委員会に問い合わせます。

こんなゴネ方が通じるとは、実は馨も思っていなかった。そもそも、制服とはいっても標準服で、最終的には私服で登校するという逃げ道もあった。男子用の制服を着るのは避けたかったから、学校を選ぶ時点で制服制度には気をつけていた。

馨の要望は通ってしまった。

その結果、父親は馨を殺した。父親の中の馨は死んだ。家の中でプリーツスカートをひらめかせる息子は、透明人間になった。それでも酔えば、母親を強く罵《ののし》る。どうしてもう見えていないはずの息子のことで、妻を殴るのだろう。どうして母はあんな男と結婚したのだろう。

母は嘆いた。せっかく、男の子を産んだのに。

お父さんも、お義母《かあ》さんも、親戚《しんせき》の人たちも、みんなみんな、おまえが男の子で本当に喜んでくれたのに。

おめでとうおめでとう。

男の子でおめでとう。

男の子だから、おめでとう。

みんなはそんなふうに、おめでとう――。

自分の誕生を祝ったのだろうか。

馨はひとり歩きながら、口元を歪《ゆが》める。

白いシャツと黒いパンツ。千代子ママの個人的趣味で黒いギャルソンエプロンを腰に巻いて、まず女の子にしか見えない自分。肩までの髪は最近染めていないので艶《つや》が戻ってきた。家を出た時は酷《ひど》い頭だった。母親が強引に裁ちばさみで切ろうとしたのだ。

それでも、いつまでも女の子には見えないだろう。

ここ一年で、筋肉が硬くなってきた。髭《ひげ》もうっすら生えてきたし、喉仏《のどぼとけ》も隠せはしない。身体は成長を止めるはずもなく、男になっていく。

時々、怖い。

女性になりたいというのとは違う。丸い胸が自分にあることを夢見たりはしない。身体が男であることに、強い拒否感はない。

ただ、成長するのはなんだか怖い。

このままずっと女装少年でいられればいいのにと、馬鹿なことを思う。

自動販売機から、カコン、と煙草が落ちる。屈《かが》んで手に取る。あとでマリが触れるその箱に、そっとキスしてみる。してから自分で恥ずかしくなる。

こんなふうに女の人を好きになっている時の自分は、男なのかなぁ、と思う。煙草をエプロンのポケットに収め、仲通りのコンビニで氷を買った。重たい。ポリ袋の手提げ部分が指に食い込む。

店から出た時、目に映った人物を見て、馨の足が止まった。身体が凍りつく。

よく知っている後ろ姿。

まだそんな年ではないのに、丸い背中と、やたら人に頭を下げる癖。

「えー？　知らねーなあ、こんな女の子……ああ、男の子なの。へーえ。オバサンの子供なの？　でも俺見てねぇなぁ」

革のブルゾンを着た男に、一枚の写真を見せながら項垂《うなだ》れているのは、間違いなく母親だ。胃がせり上がるほど驚いた。こんな場所で、こんな時間に——なにを、と思うまでもない。

探しているのだ。自分を。

何度も頭を下げながら、母親はまた歩き始めた。馨は死角になる位置から、その姿を目で追う。男性向けの本や、アダルトグッズを扱う店の前でしばらく躊躇《ためら》い、それでもおどおどと中に入り、そしてすぐに出てきた。あの店は女性客は断られるのだ。おそらく話も聞いてもらえなかったのだろう。

どうして……。

膝《ひざ》が震えている。信じられない。

誰からこの特殊な一角の存在を聞いたのだろうか。母は、新宿二丁目を知っているような女ではない。

「なによオバチャン。はあ？　知らねーよ。どっちかっつーと、こういうのは、歌舞伎町なんじゃねーの？」

道端で煙草を吸っていた男に、冷たくあしらわれている母。憔悴《しょうすい》した横顔が見えた。痛い。

胸が、締めつけられて痛い。手に下げている氷の重さなど忘れてしまう。

ほとんど自分の住む町から出ることのなかった母だ。時代錯誤な父親に傅《かしず》いて、馨がこんなふうに育ったのは自分のせいなのだと土下座して詫《わ》びるような人だ。何度言っても女物の制服しか着ない馨を、激しく罵り、手が腫《は》れるほどに叩《たた》き、手当たり次第にモノを投げつけた母親。馨を責め、それ以上に自分を責め――。

ずるい。

こんなのはずるい。なぜいまさら探すのだ。

母が腕時計を見た。遅くなると父に申し訳ないと思っているに違いない。いまから帰っても、十二時近くになる。馨はそんな遅くまで出歩く母を知らない。

背中を丸めて母が帰っていく。

毛玉の多い茶色のカーディガンは、馨も見慣れたものだった。もう肘《ひじ》部分が薄くなっている、あのカーディガン。

母は昔から自分の服など、滅多に新調しなかった。

それよりは父に新しい背広を。息子にスニーカーを。

母の猫背が角を曲がって見えなくなるまで、馨はそこに立ちつくしていた。


【金曜】


「あんた、なんか元気ないねェ」

「え。そう、かな」

「ここんとこ口数少ないし。焼き肉食べに行ってもボーッとしてたし」

週末を迎え、今夜も忙しかった。洗い物をして、ロングカクテルを作って、客の話し相手になって……時間はどんどん過ぎた。その間、馨としては普通にしていたつもりなのだが、マリにはなにかが伝わったようだ。

「んーと。なんかあって、話したいなら聞くし、話したくないなら聞かない。まー、そのへんは、自分で選んでちょうだいな」

聞きようによっては、冷たい言葉だと思う。

自分からは聞かない、とマリは言うのだ。被害妄想気味に考えれば、馨になど興味はないから、とも受け取れる。正直、さみしい気分にもなる。

けれどこれがマリのスタンスなのだ。

完全に受け入れもせず、完全に突き放しもしない。余白《マージン》が必ずある。あたしと話したいなら、あたしと関わりたいなら、待っているだけではなく、自分で動きな――そう喚起する。余白を、埋めてこいと。

「昨日の夜さ、見ちゃった。うちの母親が……いたの」

「どこに」

「仲通り。あたしの写真持って、あたしのこと探してた。びっくりした……」

風呂《ふろ》上がり、頭にかけたタオルがそのままだ。いまはちょうどいい。マリに顔を見られたくない。

「心配かけてんだ、あんた」

パジャマ姿のマリは、缶ビールを傍らに置いて足の爪を塗り終えたところだ。濃い紫色は部屋の持ち主のマニキュアなのだろう。蛍光ピンクやラメ入りの黒など、すごい色が揃っている。

「そうだね。びっくりした。捜索願いとか出されちゃうかもなとは思ってたけど……まさか自分で探しに来るなんて考えてなかった」

「捜索願いも出てると思うわよー。十七の息子が突然失踪《しっそう》したんだからさ。でも二丁目に来るあたり、いい勘だわねぇ」

「マリ姉……あたしさ。あの人のこと……そんなに嫌いじゃないんだ」

「フーン」

「父親はどうしようもないヤツでさ。ホモとかオカマとか女装とか、とにかくそんなのはみんな病気だみたいな。んで女は家にいて子供育てて、何時になろうと寝ないで亭主を待ってろみたいな」

「うわー、先カンブリア時代から来た人みたい」

爪を乾かすためだろうか、マリが脚をブンブン振って笑う。

「でも母親は……なんつーか……そりゃ、イヤってくらい殴られたけど……でも」

憎むことは、できない。

あの丸い背中が瞼《まぶた》に焼きついている。

「いいんじゃないの？　家族なんだから嫌いより好きなほうがずっといいわよ」

マリの声が、ちょっと優しくて、馨は困ってしまう。被《かぶ》ったタオルの下で、泣きそうになってしまうのだ。取るに取れなくなってしまったタオルの端で、滲《にじ》んだ水分をこっそり拭《ふ》こうとすると、いきなり、ぎゅっと抱きしめられた。

「わっ、マリ姉……っ」

「ん～。なんか感触が硬い。やっぱ男の子なんだねぇあんた」

「……は…放してよ……」

タオルの下で自分の顔が真っ赤になっているのがわかる。息すら上手《うま》く紡げない。

「なに。照れてんの？　うりりりっ」

「うわっ、バカッ！」

「放して、てば！」

無闇に腕を振り回した結果、馨はマリが持っていた缶ビールを叩き落とす結果となってしまった。

「つめったぁいッ！」

「わ、ご、ごめんっ」

パジャマがすっかり濡《ぬ》れている。ちょうど腹のあたりだ。

「バカッ！　もー冷たいし、ビールもったいないし！　ちょっとそのタオル貸しなッ」

「あ、うん……え？　ちょっと、マリ姉？」

がば、となんの躊躇いもなくマリがパジャマの上を脱いだ。

下は薄い綿のキャミソール一枚きりだった。出るべきところはしっかりと出ているマリの身体を目の当たりにして、馨はたじろぐ。

服と言葉は女だが、かといって女風呂に入れるはずもなく、女の子の友達はたくさんいたが、恋愛関係になったこともないのだ。はっきり言って、童貞である。メイクには慣れていても、女性の身体に慣れているわけではない。

「あー、もう。こんなとこにまで染みたじゃないのよー」

おかまいなしで身体を拭くマリから、目を逸《そ》らしたほうがいいのか、平気な顔をしていればいいのか。いずれにせよ白い胸の谷間は、完全に無視するには魅力があり過ぎた。ひゃあ、と心中で声を上げながら視線は勝手に動き、そして、思いも寄らないものまで見つけてしまった。

傷痕《きずあと》だ。

左の胸の内側。外科手術の痕のようだった。

「マリ姉……それ……どうしたの……？」

「うん？　ああこれ？」

マリがキャミソールを少しずらした。半分零《こぼ》れそうな胸よりも、思っていた以上に大きな傷に馨は驚く。

「まさか、誰かに刺されたとか？」

「いや。自分でサクッと」

「……うそ」

「なんであんたにそんなくだらない嘘つかなきゃなんないのよ」

「だって」

だって、そんなところを刺したら——死んでしまうではないか。

盛り上がった肉の線を、マリは自分の指先でなぞる。

陽に当たらないぶんより白い肌に、引き攣《つ》れて変色した傷痕は醜く目立つ。

「小さいナイフだったし、方向が逸れたから内臓には届かなかったのよ」

「……なんで……そんなこと、したの？」

自分の傷痕から目を離し、顔を上げてマリは馨を見た。細められた目は、過去を手繰り寄せながら慎重に言葉を選んでいるようでもあった。

「あの女が、あたしを殺そうとしたから」

「あの女？」

「母親よ、あたしの。だから、それくらいなら自分で死のうと思ったのよ」

意味がよく呑《の》み込めなかった。

マリの母親が、マリを殺そうとした？

「お母さんが……マリ姉を刺そうとした、の……？」

ん〜そうじゃなくて、とマリは首を横に振る。しばらく考えてから、パジャマの代わりのTシャツに頭を突っ込んで補足した。

「ちょっと比喩《ひゆ》的表現になっちゃったわ。正確に説明するとね。自分の思い通りに育たなくなったあたしに対して、あの女はこう言いだしたのよ」

——ひどいわ。どうしてママにそんな口利くの？　優子ちゃんはママが嫌いなの？

ママは優子ちゃんが心配で言っているのよ？　優子ちゃんが大切だから、愛してるから言ってるのよ？　どうしてわかってくれないの？

「あたしのママはね、異常なほど過保護だったのよ。小さい時は、それが普通なんだと思っていたけど……さすがにだんだんと気がついたわ。ウチはちょっと変だなって」

——優子ちゃんがそんなふうなら、

「すぐ上にお姉ちゃんがいたんだけどね。ママはあたしだけを溺愛《できあい》しててさ」

——ママはいっそ、死んでしまったほうがいいわ。

「パパはいつもそれを怒っていて、両親は不仲だった。でもママはパパなんかどうでもよかったみたい。あたしがいればそれでよかったみたいね」

——そうよ、ママは死ぬわ。ママなんか、死んだほうがいいんでしょう？

「死ぬ、って言われた時……カッと頭に血が上ったわ。脅しなんかじゃない、本当にやりかねないと思った。あの女が……ママがあたしを理由に死ぬのは、耐え難かったの。許せなかった。はっきり覚えてないんだけど、あたしはその時、とても怒ってたんだと思う」

だから、自分の胸を刺したのよ。

そう言ったマリが、馨を見て笑う。子供だった自分の行為を嗤《わら》ったのかもしれない。

「ママは自分がしたかったことを全部あたしにやらせた。お金は惜しまなかった。あたしがなにか考える前に、全部与えてくれた。ピアノのお稽古《けいこ》がいいわね、ピンクのお洋服が素敵ね、こういうのが欲しいでしょ、こういうのが似合うわね、って具合」

でもその中に、とマリは続ける。

「あたしがやりたかったこと、は入ってなかった。ひとつも」

ならば子供はちっとも幸福ではない——馨は思ったが、言葉にはできなかった。

「要するに、子供を自分のアップグレード版にしたかったのかしらねェ。あたしは目隠しされていたも同然で、お姉ちゃんだけが外界とあたしを繋《つな》ぐパイプだった。もしあたしがひとりっ子だったら、いまだにおかしな魔法にかかったままで、レースの縁取りのついたワンピースなんか着て、次男坊の国家公務員かなんかとお見合結婚して、ママと一緒に住んでたのかもね」

「お姉ちゃんとは、仲良かったの……？」

「うん。病気でもう死んだけど」

またマリが笑う。

どうして、悲しい話をする時、必ずこの人は笑うのだろう。

「なんつーのかしらね。あたしとママは、貼りついていたシール同士みたいなもんかな。こう、粘着面同士でベッタリとさ。無理に剝《は》がすと絶対に破けるし、一度剝がしたら二度とくっつけるのは無理なのよ。しょうがないのよ」

そんなふうに、変わった喩《たと》えをする。

「馨は、上手に剝がれな。きっとコツがあるんだよ。あんたくらいの年頃は、親なんてうっとうしいばかりだろうけど、それはまあ、しょうがないっつーか……。うわっ、あたし説教くさくなってるっ。ヤダヤダッ」

マリが頭をぶんぶんと振って、煙草を探しだす。

馨はなにを言えばいいのかわからない。マリも、返事を望んではいないようだった。黙ってそばにあった煙草を取り、一本抜いてマリに差し出し、火も提供する。マリはご満悦な表情で煙を堪能《たんのう》する。

「マリ姉……痛かった？　刺した時」

質問に、マリが煙と共に答える。いてぇなんてもんじゃなかったわよ、と爪を弾《はじ》く。

「ま、昔の話」

お父さんが事故死。

お姉さんは病死。

唯一残っている母親とは、二度と相容《い》れることはない。

それでさみしくないの、などと聞くほど馨も無神経ではない。その問いには意味がない。どうにもならない事情など、この世には掃いて捨てるほどある。マリよりもっと深刻な問題を持つ人もいるだろうし、ごく平穏に暮らしている家族の中にだって、必ず小さな棘《とげ》がある。

偶然とか必然とか運とか努力とか……世の中はそれらがごちゃごちゃに絡まって、混沌《こんとん》としている。その混沌からマリは目を逸らさない。きちんと見据えながら、しょうがないねと笑う。

その口癖と笑顔に、馨の心は乱されるのだ。

【土曜】


いつもよりずっと早く目が覚めて、馨はひとりで街に出た。

出かける間際、まだ眠りの中にいるマリの髪の匂いをこっそりと嗅《か》いだ。コンディショナーのカモマイルが香って、胸が甘く痛んだ。小さく「いってくるね」と呟《つぶや》いて、部屋を出た。

踊りに行くのだ。

最近知り合ったストリートダンサーが、区営施設で練習をやってるから遊びに来れば、と誘ってくれた。馨の踊りと彼らの踊りはずいぶん違うが、お互いにテクニックを教え合ったりして楽しく過ごす。彼らのリズム感に馨は感嘆し、馨の身体の柔らかさに、彼らは賛辞の声を上げた。

レッスンの時、馨は安物のスウェットを着るだけだ。化粧は汗でほとんど流れてしまう。鏡の中で踊る自分は、男にも女にも見えたり、そのどちらにも見えなかったりする。

自分はなにになりたいのだろう。

そしてどこに行きたいのだろう。

ふと、家を出る直前に知り合った不思議な留学生の青年を思い出す。彼は自分の居場所を、見つけられただろうか。

最初のうちはあれこれ雑念だらけなのだが、身体を動かしているうちに、それらは消えて真っ白になる。自分の中の澱《よど》みが、汗と共に排泄《はいせつ》されていくようだ。しばらくまともに踊っていなかったので、アントルシャが決まらないのが悔しい。何度も繰り返す。憑《つ》かれたかのように繰り返す。足の裏、膝《ひざ》、背中。

重力を感じる。悔しいくらいに、支配されている。

人間は翼を持たないから、大地を蹴《け》って飛翔《ひしよう》の真似事をするしかないのだ。

帰り道、馨は公衆電話の前で立ち止まった。

躊躇《ためら》った時間は二分ほどだったろうか。結局受話器を上げて、家に電話をかけた。無事にやっていると伝えなければならない。あんなふうに自分を探す母親を見るのは、もうごめんなのだ。

――元気だから。

――もう少し、落ち着いたら、ちゃんと居場所も教えるから。心配、いらないから。

電話の向こうで啜《すす》り泣く母親に、なるべく短く告げる。

ごめんなさいとは、どうしても言えなかった。

それを口にしてしまったら、自分を否定してしまうようで、怖かった。馨は自分が間違っているとは思いたくない。仮に、間違っていたのだとしても、悔やむのはもっとあとにしたい。いまはそんな時期ではない。

間違っていても、いい。

きっとこれからも、たくさん間違える。間違えながら、少しずつ変われればいい。見つけたいと思っていた自分の居場所は、まだ皆目見当もつかない。それでもいい。昨日、寝る直前にマリが言ったセリフを思い出す。

——自分の居場所？　そんなん、あたしだってまだ見つかってないってのに、笑わせんじゃないわよ。

だそうだ。

あのマリですら、まだ見つかっていないのだ。焦らなくて、いいのだ。

電話をすませたら、いくらか気持ちが楽になった。

桜餅《さくらもち》でも買おうかなと考え、百貨店の地下売場に向かう。マリはたいそうな食いしん坊で、和菓子も洋菓子も好きなのだ。和菓子コーナーから洋菓子コーナーへとぐるりと一巡する。苺《いちご》とラズベリーをふんだんに使ったタルトにも心引かれたが、やはり桜餅を諦《あきら》めきれない。せっかくの春なのに、昼間は寝てばかりなのだ。せめて季節の和菓子でも堪能しよう。

土曜日とあって、店内は混雑している。背中に誰かがぶつかった。

「あ……すいません……」

馨より先に謝った相手に見覚えがある。線の細い面差し。長い睫毛《まつげ》と薄いくちびる……数日前、マリを訪ねて店に来たやたらと顔の綺麗《きれい》な男だ。名前は確か……。

「なにしてんだ魚住」

そう、魚住である。今日は連れがいるらしい。黒いシャツを着た、魚住と同年代の背の高い男だった。

「あれ……マリちゃんのとこにいた子だよね……？」

「ウン。こんちは」

「なんだ？　マリがどうしたって？」

黒いシャツの人も、マリの知人らしい。

「マリちゃんが働いてる店のバイトさんだよ。あ、それ、なに買ったの？」

「桜餅。マリ姉と食べようと思って」

「桜餅か。それもいいなァ……」

クリーム色のニットを着た魚住がくちびるに親指を当てて思案げな顔をする。この青年には柔らかい色が似合うようだ。色白な肌と、相性がいいのだろう。

「いいかげんにしろよおまえ。土曜のデパートに人を引きずり込んだ挙げ句、菓子ひとつ買うのにどんだけ迷ったら気がすむんだ」

「だって、みんな美味《おい》しそうじゃないか。迷うなってのは無理だよ。ねぇ？　エート」

「馨」

「そう。馨……クン？　チャンがいいの？」

「どっちでも」

「そ？　じゃあ馨クン。うーん桜餅か。そうすると、道明寺なんかも捨て難くなってくるし……どうしようか久留米」

「両方買え。百個でも二百個でも、自分の金で好きなだけ買って食え」

久留米と呼ばれた相方は、痺《しび》れを切らしたらしい。いや、百個は無理だよと、大真面目に答えている魚住の顔が可笑《おか》しくて、馨はつい口元を綻《ほころ》ばせてしまった。

「マリは、元気か？」

久留米と呼ばれた男にそう聞かれる。眉《まゆ》を寄せたしかめっ面だが、べつに怒っているわけでもなく、ニュートラルでこんな顔らしい。

「マリ姉は元気だよ」

「そうか。ま、あいつは殺しても死なねぇだろうけどな」

「お母さんが、再婚するかもしれないみたいで、なんかちょっと揉《も》めてるけど」

つい余計なことまで言ってしまったのは、この男がマリとどれだけ親しいのか、気になったからだ。

「マリの母親？　魚住、おまえ聞いてるか？」

「あー。うん。でもマリちゃんには関係ないんだって」

「フーン。あいつがそう言ってんなら、そうなんだろ。ま、いいや。おい、行くぞ」

「両方買うんだよね？」

「買えよ、勝手に」

似てるな、と思った。

マリとこの人たちはどこか似ている。

「じゃあね、馨クン」

「ウン」

和菓子コーナーに移動するふたりの後ろ姿を見送った。デパ地下に野郎ふたり連れはなかなか目立つ。そして馨は、ア、と気がつく。

あの黒いシャツ。

あれは、この間魚住が着ていたものと似て……いや、たぶん、同じシャツなのだ。


「明日《あした》はお店休みでしょ、で、月曜からはリンダが戻ってくるから、マリのバーテン姿も今日で見納めねぇ〜」

カレンダーを見ながら、ママが溜息《ためいき》をつく。

「リンダの女装が見られるじゃない」

「あの子も腕はいいんだけど、なにしろあのガタイだからカウンターが狭くて」

「自分だって、たいそう幅取ってると思うけど？　リンダとじゃあカウンターの中ですれ違えないいんじゃないの？」

「アラ。お肉同士の触れ合いがコミュニケーションなのよ」

ふたりとも、にやにや笑いながらそんなやりとりをしている。

話に入れない馨に、ママがスナップを見せてくれた。以前店で撮った写真だそうだ。なるほど、柔道選手みたいな身体つきのリンダが、赤いチャイナドレスを着てシェイカーを振っていた。

「この人はバーテンの格好しないの？」

「あたしはバーテンダーの制服好きなんだけどねぇ。リンダが着ると奇妙なのよ。オカマの男装って感じで、なぁんかチグハグなの」

確かにこの化粧でボウタイをされても、ますます奇天烈《きてれつ》になるだけだ。

「リンダの悪趣味な女装も見慣れればしっくりきてるように見えるから不思議よね。あれはあれで似合ってるというか、気合いで着倒してるから」

煙草をふかしながら、マリが馨に顔を寄せてスナップを覗《のぞ》き込む。ウーンと唸《うな》り、

「よくサイズがあったわね、このチャイナ」と感心する。

カウンターの中、マリと一緒に立つのは今夜が最後だ。馨は千代子ママの口利きで、近くのカフェでのバイトが決まった。本当はこの店で働きたかったのだが、人手はもう十分なのだとわかってる。

土曜日は混んだり暇だったりと、波が激しいと千代子ママが零《こぼ》していたが、どうやら今夜は後者らしい。マリと千代子ママはまたしりとり遊びを始める。四字熟語には飽きたようで、今度は洋酒とカクテルの名前でやっていた。馨はまたしても参戦できない。トム・コリンズ、ズブロッカ、カンパリオレンジ、ジンバック、クォーター・デッキ、キール・ロワイヤル……。

ここで千代子ママが「ルシアン」と口を滑らせて負けになった。歯を剥《む》きながら財布を取り出す。掛け金は千円だったようだ。

「マリ。あんた、人をハメるのがうま過ぎるんじゃないの？　ったく……あ、いらっしゃいませ」

千代子ママが喋《しゃべ》っている途中から器用に声音を変えた。今夜の最初の客だ。躊躇《ため》らいのないドアの開け方だった。馨は常連客が入ってきたのかと思ったほどだ。だが違ったらしい。

女性だった。

見た瞬間、馨の背中が粟立《あわだ》った。

三十代後半くらいだろうか。そう若くはない。

若葉色の柔らかい質感のスーツが、紗《しゃ》をかけたような白い肌に似合っている。際だってお洒落《しゃれ》ではなく、いくらか野暮ったい。だがその野暮ったさすら、彼女を引き立てている。黒目がちな瞳《ひとみ》。のろいと感じるほどにゆっくり動く視線。ぽってりとしたくちびる。いわゆる美貌《びぼう》、というのとは少し違う。顔も身体も、完全なバランスから微妙に外れている。

そこにできる隙に、怖いくらいの色香があるのだ。

「優子ちゃん。久しぶりね」

マリに向かって、おっとりと話しかけた。穏やかな、けれど感情のない声だった。マリはカウンターの端を掴《つか》んだまま、動かない。じっと、その人を見つめている。

「光森さん、いらしたでしょう？　あなた、お話ししたんでしょう、あの人と」

——まさか。

「……したわよ」

「光森さんたら、可笑《おか》しいのよ。あなたと養子縁組したいなんておっしゃるの。ねえ。可笑しいわよねぇ？」

「ママ。あたしはちゃんと断ったわ」

——この人が、マリの？

馨は目を疑う。もし本当なのだとしたら、どう計算してみても四十は越えているはずだ。いや、姉がいたと言っていたから、五十くらいと考えて妥当なはずだ。

化け物じみて、若い。

隣で千代子ママが、おおコワ、と呟《つぶや》く。馨と同じ計算をしていたのだろう。

「あたりまえでしょう？　優子ちゃんはママを捨てたんだから」

サラリと言う。

口元は微笑んでいるが、目が笑っていない。

あまり似ていない母子《おやこ》は、カウンターを挟んで向かい合ったまま動かなかった。マリは母親に椅子を勧めもしないし、相手も座ろうという気配はない。

「用件は、なんなの、ママ。手短に頼むわよ、仕事中なんだから」

「仕事ねぇ……まあ、職業に貴賤《きせん》はないというのが世の中の建前だけれどね……」

千代子ママは腹に据えかねた様子で、どすどすと店の奥へと消えてしまった。馨は動かない。

「用件」

「これにサインしてちょうだい」

バッグから、封筒を取り出す。中には一枚の書類らしきものが入っていた。

マリは黙って受け取り、目で読む。

「……意味のない念書ね」

「それなりの意味はあるのよ」

「先方の親戚《しんせき》にでも突きつけるの？」

「優子ちゃん。それの使い道をあなたが知る必要がある？　ただその念書にサインをしてくれればいいのよ」

マリの視線が、馨へと移動した。

「ボールペン取って。電話の横にあるから」

頷《うなず》いて、言われた通りに渡す。マリが書類をカウンターに置いた。ボールペンのキャップを取る。ペン先が、紙に接触する。

我慢できなかった。

口出し無用と叱られるのを覚悟で、馨は話しかける。

「マリ姉……それ、なんの書類？」

「ん？　あたしがこないだのオッサンと養子縁組することは絶対にありません、っていう念書よ」

「そんなのサインして、いいの？　平気なの？」

マリの母親から、険しい視線が送られている。それでも馨はやめなかった。

「あたしンちさ、昔オヤジが友達に騙《だま》されてさ……借金の連帯保証人になっちゃって、その人逃げちゃって、すごい大変だったの。サインひとつで、大事になっちゃって、ババァは泣きだすし……」

「大丈夫だよ馨」

マリは怒らなかった。ポン、と優しく頭を撫《な》でられる。

「こんな紙キレは単なるパフォーマンスよ。法的な意味はないわ。養子縁組をするとね、相続権が得られンの。金持ちそうだったからね、あのオッサンは。だから向こうの親戚一同が騒いでるんでしょうよ。あたしが娘になったら、取り分減るからね。でも、そんな事態はあり得ません、ってそいつらに見せるためだけの紙なのよ。……なんとも姑息《こそく》な手だわね」

最後のセリフを、自分の母親に向けながら、マリはサインの入った紙を突き返した。

母親は、薄く微笑んでいた。

「姑息で結構よ。ママはなんでもするわ……自分が幸せになるためならね」

「いいことだわ。頑張れば？」

「ええ、頑張るわ。もう失敗したくないの。失敗は懲り懲りよ。最大の失敗は優子ちゃん、あなたよ。なんでこんなになっちゃったのかしら。昔は」

マリは煙草に火をつける。寄せた眉根《まゆね》が、また始まった、と言いたげだった。

「昔は、天使のような子だったのに。こんな出来損ないに育ってしまって……」

出来損ない。馨の頬が痙攣《けいれん》した。一番嫌いな言葉だった。

出来損ないの息子だ。

あたしの育て方が悪かったんです。

俺の子供とは思えない。

すみませんすみません。

この出来損ないを、なんとかしろ。

ああ、こんなことになるなら、いっそ産まなければ良かった……。

自分を産んだ女が、自分の心を殺すセリフを何度も繰り返す。泣きながら、繰り返す。

そう言われても馨は、どうしたらいいのかわからない。いまさら、子宮に戻るわけにもいかないではないか。

もう生まれてしまったのだから。そしてこれが、自分なのだから。

「そ……そんな言い方、ないんじゃん?」

声を出してから、喉《のど》がざらついているのに気づいた。飲み込む唾《つば》すら、引っかかる。

「自分が子供で……そんなふうに親に言われたら、傷つくとか、思わないの?」

マリの母親が、キュッと眉を寄せる。知らずに虫を踏んでしまった時のような、不快を表す顔だった。

「私は、お母様の言いつけに逆らったことなどなかったわ。とても厳しい人だったけれど、なにもかもきちんと、お母様の言う通りにしたわ」

「それでも、幸せにはなれなかった、と」

短くなった煙草を、ぎりぎりまで吸うマリの言葉に、母親は僅《わず》かに顔色を変えた。けれど、その矜持《きょうじ》は崩れない。

「これからなるのよ。幸せに。どっちにしろ、優子ちゃんには関係ないわ。あなたのことはもう娘とは思っていない」

「そう」

「本当は、顔も見たくないわ」

「そう」

「光森さんには、余計なことを言わないでちょうだい」

「言わないわ」

　これ以上縮めようのない返事をして、マリが煙草を消した。

　母親は、サインの入った紙を丁寧に畳んで封筒に戻し、再びバッグにしまい込む。緩慢な指先が栗色に染めた髪の生え際を、もったいぶってなぞる。横を向くと、鼻のラインはマリとそっくりだった。

「お邪魔しました」

「お幸せに」

　ふたりのセリフには、見事なほどに抑揚がない。スローモーションのような瞬きをひとつして、母親は店を出る。

　残ったトワレの香りに、マリが黙って換気扇をつけた。

【そして日曜】

午後になってのそのそと起きだす。

昨晩は早めに店を閉め、マリと千代子ママはしたたかに飲んだ。

両者とも想像を絶する酒豪だった。酔っぱらったマリはクソババァくたばっちまえ、を連呼し、やがて潰《つぶ》れた。

空が白んできた頃、千代子ママが立派な太腿《ふともも》を枕としてマリに提供しながら、

「それでも娘に会いに来るのよね。あんな念書、本当はなくてもなんとかなりそうなもんなのにね」

そんなふうに、呟いていた気もする。馨も半分眠ってしまっていたので、あまり覚えていない。

ふたりで荷物をまとめる。それぞれの鞄《かばん》に、それぞれの少ない荷物を。

ふたりともが、この部屋からいなくなる。

たった一週間だった。拾われ猫だった馨は、大好きな飼い主と別れなければならない。狭くて古くて日当たりの悪い、だが自分だけの部屋が待っている。

結局、マリには自分の気持ちを伝えられないままだった。好きだなどと言ったら、吹っ飛ぶほど笑われそうで、とても口にできない。

ねえ。

あたしにさ、マスカラつけてよ。

マリにそう頼まれた。馨はマリに似合いそうな深いブルーのマスカラと、ビューラー、そして睫毛《まつげ》コームを用意する。

「あの……マリ姉って、この後どこ行くの？」

「男ンとこに転がり込むわよ」

間近なくちびるから、あっさりとそんな答えが返ってくる。

「つまんない男だけど、金持ちのボンだからねー、御殿みたいなマンションだわよ」

「ア。そうなんだ……」

聞かなければよかった。落胆が顔に出ないように、馨はキュッとくちびるを引き結ぶ。

「下睫毛はどうする？」

「目尻《めじり》側だけして」

「ん」

白目の中の細い血管まで見える。赤く微細な糸。マリのコロンは――いや、リンダのコロンなのだろう。甘いピーチの匂い。くっつきがちな睫毛を、一本一本専用のコームで梳《と》かした。マリの瞳《ひとみ》を、艶《つや》のある藍《あい》色が飾る。

「ところでさ。女装少年」

「なに？」

マスカラのキャップを閉めながら聞いた。

「あんた、あたしのこと好きなんでしょ？」

心臓が止まって、
頭から発火するかと思った。

「なっ……な、な、」

「えーと、水曜だったかな。あんた、自分でしてたでしょ、布団の中でさ」

今度こそ、火を噴いたはずだ。でなければ、顔の皮膚が溶けたはずだ。信じられない。

絶対に眠っていると思ってたのに。

「アレさ、オカズ、あたしだった？」

ウン、と言えるわけがない。

声すら出ない。

馨は赤面したまま、首を横に振る。なんだ、違うのかぁ、とマリが不服そうな声を出した。

「あたしの思い込みだったのかしら？　惚《ほ》れられてるって感じがしたんだけどなー」

「ちがっ、マ、……そ……す、す……っ」

おそらく生まれて初めて、こんなに吃《ども》った。

「好き？」

目の前にある顔を見られないまま、それでも……頷《うなず》いた。必死の思いで。

なんてみっともない告白なのだろう。

「じゃあ最後に、セックスでもすっか？」

あまりにも軽いその口調に、馨はくちびるを嚙《か》む。

セックスでもすっか。ショックだった。たいしたことではないのだ。マリにとって、馨と寝るなんて、たいしたことではない――まるで、ついでにするような、たわむれ。そんな程度のものなのだ。

「……しない」

「馨？」

「しな、い……キライだよ、マリ姉なんか……キライだ……」

「やだ、泣かないでよ、やだどうしよう」

嗚咽《おえつ》が堪《こら》えきれない。マリが慌てている。膝《ひざ》を抱えて俯《うつむ》く馨の髪に触れようとするが、頭を振って拒否する。

「馨ぅ。泣かないでよ……あー、あたしの言い方悪かったわね。ごめん。あたしも馨のこと好きよ？　本当よ？」

わかっている。

その「好き」は馨の「好き」とはだいぶ違うが、嘘ではないのだろう。わかっているから、悔しい。悲しい。やりきれない。

「だから、最後に抱き合いたかったの。あんたがイヤじゃなければ」

泣きながら、馨は苦笑した。

イヤなはずない。拗《す》ねたセリフが本心のはずはない。『好き』と言いながら、

『最後に』と同時に言う残酷な人。まったく、酷《ひど》い女に惚れてしまった。

「あれ。そっか。あたし、酷いこと言ってるのか……」

気がついたらしい。頭がいいようで、たまにこんなふうに抜けている。

本当に不思議な人だ。困った人だ。

大好きだ。

セックスなんか、たいしたことじゃないのかもしれない。誰かが言っていた。それは身体を使った会話なのだと。けれど馨にはまだそんなふうに思えない。いつかはそう思える日がくるのかもしれないが、いまはまだだめだ。だめなのに、身体は欲しがっている。熱くなる。好きだから欲しくなる。

全部じゃなくても。

いまだけでも、と。

「マリ姉のバカ……勃《た》っちゃったじゃんか…」

「あら。まかせなさいよ、そんなの」

馨は苦笑しながら洟《はな》を啜《すす》る。情けない。泣いたり、笑ったり、勃起《ぼっき》させたり。ジーンズに押さえつけられた股間《こかん》は痛いくらいだ。

「ねぇ馨。キスしよう」

すぐそこにマリの顔がある。完璧《かんぺき》な目化粧。でも、口紅は、塗られていない。だからきっと、キスしたらそのままマリの味がする。

大好きだ。

「……マリ姉が先に目ェ閉じてよ」

「やあよ。あんた年下じゃない」

「でもあたし男の子だもん」

「こんな時に古くさいヘテロの理屈持ち出さないでよ」

「ヘテロの理屈ってなに？」

「いいから。目ぇ瞑《つぶ》んなさいよ」

「じゃあ、一緒に瞑ろ？」

「いいわよ」

せぇの、とふたりで小さく囁《ささや》き合う。

本当に、大好きだ。

馨はちゃんと瞼《まぶた》を閉じたが、マリがどうしたかは最後までわからなかった。

スネイル ラヴ

1

休みなく降る雨がショー・ウィンドーに薄い水の被膜を形成し、表参道《おもてさんどう》の景色を歪《ゆが》んで見せている。

外に出れば、湿気《しけ》た空気が肌にまとわりつく六月。

梅雨である。

だが店内の空調は完璧だ。色とりどりのカラーシャツのディスプレイが、一足先の夏を演出している。飾られた向日葵《ひまわり》の生花がエアコンの風に僅《わず》かに揺れている。

いま、魚住が袖《そで》を通しているのは、仕立てのよい麻のジャケットだ。

色は生成。中のシャツはソフトな綿生地で、優しい風味のマスタードイエロー。タイはしない。堅苦しくなく、カジュアル過ぎもしないパンツは、嫌みにならない程度の細い作りで裾《すそ》はシングル。こちらはやや光沢のあるオリーブ色が個性的である。

それらを纏《まと》うことによって、魚住の痩身《そうしん》が目立たなくなり、バランスのよいシルエットとなった。ついさっき車の中で、ムースまみれにされ、整えられた髪型ともしっくりきている。

「まあ……お顔だちが綺麗《きれい》でいらっしゃるから、すごくお似合いになりますわ」

お世辞ではなく本気の声音で店員が、ウットリと魚住の襟元を整える。

もうひとつボタンを開けられてしまえば、鎖骨下二センチにある小さな鬱血《うっけつ》が見えてしまうかもしれない。誰がつけたのかは言うまでもない。魚住は睫毛《まつげ》をぱしぱしと上下させて、大きな鏡の前で身じろいだ。

「マリちゃん。これ、みんな高いんじゃないの？」

「高いわよ。たぶん、いまあんたが思っているより、もっと高い。×3ってとこね」

「……おー」

心中で計算して、思わず唸《うな》ってしまう。

「まだ多少、若作りな感じだけど……まあ、いつもよりは歳相応に見えてるかしら」

ソファに腰掛け、脚を組んだままでマリは頷いた。長いタイトスカートには深いスリットが入っていて、膝下《ひざした》のラインを綺麗に覗《のぞ》かせている。襟刳《えりぐ》りの大きなシースルーのブラウスは、マリにしては珍しく女性的な衣装だなと魚住は思う。ここのところカジュアルな装いのマリばかり見ていたからかもしれない。もともとは、なんでも着こなす女なのだ。

明細をざっと見て、猫脚のアンティークテーブルの上に、一本一本にマーブル模様のある長い爪が現金を置いた。そのままで行くわ、というマリの声に、店員は値札を手際よく取り外し、魚住は鋏《はさみ》が自分に当たらないようにじっとするばかりだ。結局いくらなのかわからなかったが、置かれた一万円札の枚数が一桁《ひとけた》ではないのは確かである。

つい二時間前までは自宅にいた。

弱い雨がめそめそと降っていた土曜日の昼過ぎ、マリが突然車でやってきたのだ。

そして魚住はわけもわからないまま、その車で青山《あおやま》のブティックまで連行され、着せ替え人形のように何着もの服を当てられた。何組か試した結果、このコーディネートに決定したのだが、どうして自分がこうなっているのかは理解できていない。

マリは駐車場まで魚住に傘を持たせ、いつもより早足で歩く。急いでいるようだった。

「ねぇ。事情がよくわかんないんだけど。この服、もらっちゃっていいの？」

「いいの。バイト代だと思いなさい」

「おれバイトなんかしてない」

「これからすんのよ」

混み合う青山通りを抜け、渋谷《しぶや》区松濤《しょうとう》付近まで走る。

角地に立つ高級マンションの前で車は停まった。マリは常駐しているのであろう守衛と挨拶《あいさつ》を交わす。認証ゲートを抜けてエレベーターに乗り、最上階の部屋まで辿《たど》り着いた。慣れた手つきで鍵《かぎ》を開けて入る。

口を開けっぱなしの魚住が、部屋を見回す。

なんというか、オカネアマッテマスという空気が流れている。

そもそも天井の高さからして、マンションの常識を越えていた。ダークブラウンのトーンで揃えられた家具や調度品は、どれも重厚で、かつ品格がある。魚住のような素人が見てもわかるほどの高級感だ。ただし面白みはない。

「ここ、誰ンち？」

「あら。なんであたしの部屋じゃないって決めてかかるのよ」

「だってマリちゃんの趣味じゃないよ」

「まあ。さすが腐っても理系の観察力ね」

腐らされてしまった魚住は、気を悪くするでもなく、

「いまの恋人の部屋？」

と聞いた。革張りのソファに腰掛けたマリは、煙草に火をつけて灰皿を引き寄せながら頷《うなず》く。

「実はそうなんだけどさ。その男の件で、ちょっと協力してもらいたいのよ」

「おれに？」

マリの色恋沙汰《ざた》というのは、本人いわく『ご意見無用型』である。

歳の差があろうと不倫だろうとなんでもアリ、他人に文句は言わせない、モラルを取っ払ったところにのみ恋愛はあり、なのだそうだ。そんなマリが恋愛バイエルクラスの魚住に協力を求めたことなど、いまだかつてない。

「詳しく説明しているヒマがないの。いい子だから聞いてちょうだい？」

今年で二十七だというのに、いい子だからと言われるのもなんだなぁ、と魚住はチラリと思う。しかしマリなら四十、五十のオジサン相手でも『いい子だから』で貫き通しそうである。

「なにすればいいの」

もとより、マリの頼みを断ろうはずもない。

「そんな難しいことじゃないわ。ここに来て」

隣に魚住を座らせると、おもむろに自分の腕を魚住の首に絡めてきた。

「どしたの？」

「もうすぐ玄関の開く音がして、男がひとり入ってくるわ。そしたらあたしにキスしなさい。ちゃんと時間をかける、大人のキスよ？」

「は？　キス？」

「できるわね魚住」

「できるけど、でも、」

マリの存在は、魚住にとっては友人と姉を足して二で割らないまま、のようなものである。実際の歳は同じだが、あくまでマリにイニシアチブがあり、魚住の世話を焼いたり、見守ったり、時には突き放したりもする。魚住は叱られようと可愛がられようと、なんにせよマリと一緒にいると安息する。

だがそれは、決して恋愛ではない。同じ布団で眠った夜は何度もあったが、肉体関係どころかマウス・トゥ・マウスのキスもしたことはないのだ。

「ほら来た！」

ぐい、と顔を引き寄せられる。心の準備をする暇もなかった。

魚住は一瞬躊躇《ためら》ったが、結局はくちびるを合わせた。照れくさいのはあっても、嫌悪感などカケラもないのだから、できないはずがない。大人のキス、というマリのご要望に添えているのかどうかわからないが、一応自分なりの努力はしてみた。

「マリさん？　いらし――て……」

魚住の頭の後ろ方向から、知らない男の声がした。言葉は半端なところで呑《の》み込まれてしまったようで、そのまま無言になってしまっている。

マリの腕に力がこもった。もっと強く抱きしめろ、という合図のようだ。魚住は従う。ここまで女性と接近遭遇するのは久しぶりで、肌の感触が心地よかった。むにゅ、とバストが押しつけられて役得だなー、などと思う。

マリのキスは煙草の味がする。

苦みを感じるほどではない。軽い煙草なのだろう。魚住自身は喫煙習慣はないのだが、ニコチンの苦みは間接的によく知っている。味蕾《みらい》を刺激するそれは美味とは言えない味なのに、慣れてしまうと愛《いと》おしくなるのが不思議だ。

時にそれは甘くすら感じる。あの男のくちびるを経由するならば。

そんなことを考えているうちに、もう十分だと判断したのだろうか、マリのほうからゆっくり離れた。

淡い薔薇《ばら》色のグロスが移った口元を拭《ぬぐ》いながら、魚住は後ろを振り向く。立ちつくしている男は、口をぽかりと開けていた。

その腕に紀ノ國屋《きのくにや》の袋を抱えている。茶にグリーンのロゴは魚住も知っていた。行ったことはないが、青山にある高級スーパーマーケットである。バゲットと、ワインらしき瓶の先端部が覗いていた。だが男の容姿は、ありきたりな背広姿に飴色《あめ》の縁をした眼鏡と、豪奢《ごうしゃ》なマンションから想像しにくいほどに凡庸である。

変な間があった。

「えと……こんにちは」

魚住はとりあえずそう言ってみる。目が合ったのに黙っているというのは失礼かなと思ったのだ。

「あ。こ、こんにちは……」

すると向こうも同じように返してきた。礼儀正しい。

カチリという音に魚住が振り返ると、マリがすぐ後ろで煙草に火をつけていた。スーッと大きく吸い込んで、フーッと派手に煙を吐く。そして微笑んだ。悪事をたくらむ美しい猫のように、その身体をくねらせ、魚住に身を寄せる。

ローズピンクのくちびるが言った。

「ごめんなさい安岐《あき》さん。こういうわけだから、私あなたとは結婚できないわ」

男の持っている紙袋が、ズル、と落ちる。中に入っていたワインの底が、フローリングにゴツンと当たった音が、魚住にもはっきり聞こえた。

「つまり、マリさんは魚住くんを使って、自分につきまとっている男を清算しようとした。そういうことだろう？　そんなに難しい話じゃないじゃないの」

端的にまとめて、濱田は言う。

週が明けたが、まだ雨はやまない。

朝一番、大学院の研究室には濱田と魚住しか来ていなかった。時間が早いため、のんびりとした雰囲気の中で、ふたりはスケジュールの調整を行っている。

現在、日野教授の下では三つの主な研究グループがあり、魚住は今年度からその中のひとつのリーダーを務めている。いままで以上に忙しくなっているが、濱田の見たところきっちりと熟《こな》しているようだ。対人関係がやや頼りないが、そのへんは後輩である伊東のフォローが入る。魚住が頭脳で伊東が手足、といったタッグだ。

「でも、あのマリちゃんですよ？」

薄めに淹《い》れたコーヒーの香りが漂っている。月曜の朝が濱田は嫌いではない。

「あの、って？」

「そんな回りくどいことしなくても」

ああ、そうか、と濱田は自分の特大マグカップを両手で持った。片手で持つと不安定なほどに大きいのだ。

「そう言われてみると、マリさんだったら、怒号一発ですませそうだねぇ」

「ウン。そうなんです」

魚住は今週の予定をホワイトボードで確認しながら、変更部分に赤を入れていく。まだ白衣は着ていない。ダークブルーのシャツは、魚住の肌をいつもより白く見せている。

濱田は窓から外を見た。小雨が景色に紗《しゃ》をかけている。

「それよりさ。きみ、ちゃんと大人のキスとやらはできたのかい？」

「うーん。たぶん。あとで褒めてくれましたから、マリちゃん」

「へーえ」

「なんか照れくさかったですけど」

キュッ、とペン先の擦《こす》れる音がした。

「やっぱり久留米くんのほうがいい？」

濱田は、さりげなさを装って言ってみた。

細い指先が、ホワイトボードの上で、ピタリと止まる。

魚住と久留米との仲が、どうやら一線を越えたらしい話を、濱田はとっくに耳にしていた。情報源の響子から聞いたのは、二か月も前になる。知らないふりをしていたのは、多少、妬《や》いていたせいかもしれない。魚住という男には、濱田も興味があったし、試しに寝てみたいと思ったこともかつてはある。

　もっともその実現には至らなかった。至らなくてよかったのだろうといまでは思っている。自分なりの、魚住とのつきあい方に気がついたし、仮に短期間そういう関係になったとしても、結局魚住は久留米のもとへ行ったに違いない。

　めでたくまとまったふたりの状況が気になってはいたが、かといって、どーだったどーだった？　などと聞くのもあまりに子供っぽい。そんな見栄もあって、気になっていたくせに、聞けないままになっていたのだ。我ながら損な性格だなと思う。

　しばらく動かなかった魚住は、赤字で記入していた文字を最後まで書いてしまうと、俯《うつむ》いたままクルリと濱田に向き直った。

　ペンキャップをパチンと閉じ、長い睫毛《まつげ》を見せつけるような瞬きをひとつする。

「……ナイショです」

　耳が赤い。

　平静を保とうとしている硬い表情の下には、ある意味、凄絶《せいぜつ》な色気があって、濱田のほうの心拍が増えた。

　魚住がこんなに照れるとは思わなかったのだ。いつもの調子で飄々《ひょうひょう》とかわされるのではないかと思っていた。予想は見事に裏切られ、まいったなと心中で呟《つぶや》く。濱田までつられて照れそうだった。とりあえずは、

「ごちそうさま」

などとごまかして、コーヒーを啜《すす》る。

恋愛は人間を変えるというが、魚住の場合もそれは当てはまっているようだ。無表情。無口。もの憂げでどこか孤独。そんな雰囲気を持っていたこの男が、だんだん変わっていく。傷ついたり、死にかけたり、あるいは恋をして変わっていく。

人間というのは、面白い生き物だなと濱田はつくづく思った。

内面の変化がこれほど個体に影響を与える動物はほかにないだろう。大き過ぎる脳と、緻密《ちみつ》な人体構造。それを支えるホメオスタシス。実に複雑な生き物だ。それは生きやすさからいえば有利とは限らない。生物は単純なものほど繁殖力が強く、長い間種として存続できる。人類がいつか絶滅したとしても、細菌の類《たぐい》はかなり頑張れるはずだ。

だが細菌は、恋をしない。

「え、ええと、今日の午後は三年生がバイオハザードの体験に来ますんで、おれと濱田さんで日野教授の補佐に入ります。それから先週ＭＩＴのヤン教授に問い合わせた件ですけど……」

魚住は耳を赤くしたまま、半ば強引に仕事の話に戻っていき、濱田は素直にそれに従ってやった。二十分もすると、少しずつ院生や学生たちが出てくる。研究室はいつもの雑然とした雰囲気に包まれていった。

午前中はあっという間に過ぎていった。

仕事に忙殺されていた魚住は、ランチを摂《と》るタイミングを逃してしまった。見かねた教授の秘書が自分のダイエット用の携帯栄養食を恵んでくれる。もそもそとした、甘くないビスケットのようなそれを齧《かじ》りつつ、パソコンの前で他大学との情報交換メールを打つ。口の中の水分が乏しくなり、なにか飲み物が欲しいなと思った。

「魚住さーん。お客さんですよー」

学食から戻ってきた伊東の声に振り向くと、思いがけない人物が立っていた。思わず声をあげてしまう。

「あ」

すると、

「あ」

鸚鵡《おうむ》返しである。

知っているから訪ねてきたのであろうに、相手は魚住を見てしどろもどろになる。

「あの、申し訳ないです。突然……」

「いえ。いや。あの、どうしてここが……」

安岐、であった。マリの恋人……いやもう、ふられたことになるのだろうか。

「マリさんの通っていた大学で……免疫の研究をなさっているところまでは聞いていたので……失礼かとは思ったのですが……す、すいません、お仕事中なのに」

第一印象通り、腰が低い男だ。

今日も地味なスーツを着て、これまた地味な雨傘を持っている。

さて、どうしたものだろうか。

あれはお芝居なんです、と言ってしまいたい魚住ではあるが、あとでマリに怒られてしまうかもしれない。

「お手間は取らせません。ひとつだけ、聞かせてくれませんか」

「はあ」

安岐は眼鏡を指先で上げて、精一杯緊張した面もちで魚住を見た。

「マリさんと、ご結婚なさるのですか？」

「ほえぇ？」

奇声を発したのは伊東である。魚住は思わず声の方向を見てしまった。しまった、とでも言いたげに、伊東は自分の口を手のひらで塞《ふさ》いでいる。

困った。

なんと答えたらよいのだろう。

「……マリちゃんからは、どう聞いているのですか」

こういう場合は誘導尋問しかない。

「マリさんは、誰とも結婚しないと……するとしたら、あなた以上の人でないとって」

「おれ以上？」

いったいどういう設定になっているのだろうか、この場合の自分は。

　安岐は説明した。

「ですから、容貌《ようぼう》に優れていて、抜きんでた頭脳の持ち主で、個性的な魅力があり、天涯孤独で親戚《しんせき》づきあいの懸念も必要なく……かつ自分を、つまりマリさんをきちんと理解している人、だそうです」

　魚住はちっとも自分のことを言われているような気がしなかった。

　まあ天涯孤独の部分に関しては、そう言えなくもないが、亡くなった養母の実家とは親戚づきあいと呼んでいい交流もある。

「お金は、大好きだけれど、結婚の条件にはならないと言って……僕にはお金しかないのですが……」

「はあ。そうですか」

　安岐の指が、傘の柄をきつく握って再度問いかける。

「ご結婚、なさるんですか」

「いや。マリちゃんがしたくない限りしないです。おれは彼女がしたくないことは、しませんから」

　これは、嘘ではない。ごまかしてはいるが。

「そう、ですか……」

　少し、力が抜けたように見えた。これは本当にマリちゃんにぞっこんなんだなぁ、と魚住はあらためて思う。派手さも個性もないが、悪い人間にも見えない。

突然の来訪を詫《わ》びながら、安岐は帰っていった。

伊東がすかさず魚住のそばに寄ってくる。

「あの。魚住さんて、マリさんと」

「いや、ちょっと、いろいろ事情があるんだ」

適当に言葉を濁すが、伊東の顔には興味津々と書いてある。

「それよりホラ、午後の準備して。おれも濱田さんも抜けちゃうから忙しいよ」

まだなにか聞きたそうな伊東を急《せ》かす。魚住も詳しい背景を知らないのだから説明のしようもないのだ。何年つきあっても、マリは謎めいた女なのである。


その日の仕事が片づいたのは、夜の九時過ぎだった。

魚住が欠伸《あくび》をしながら、上着を取ろうとロッカーを開けると、なにかひらひらと落ちてくるものがある。拾い上げると手紙だった。なんの模様もない白いだけの洋封筒には宛名《あてな》も差出人もない。

「あっ。ラブレターですか?」

またしても覗《のぞ》き込んでくる伊東の視線も気にせず、そのまま封を開けた。

封筒の中は、やはり白いだけの便箋《びんせん》。裏から文字が透けて見え、短い手紙だというのはすぐにわかった。

魚住は便箋を開く。

そこにはごく短い一文があった。

『忘れたとは言わせない』

かなり細いペンで書かれた、神経質そうな硬い字体だ。

伊東が魚住の背中にぺたりと張りつき、固まっている。

「魚住さん……………」

くっついたまま、情けない声を上げる。

「うーん。もっとわかりやすく書いてくれないと、なんの話かわかんないよなァ」

「そんなこと言ってる場合じゃないですよー。これ気持ち悪いですよー」

「こういうのもラブレターなの？」

「いや、これは違うでしょ……いったい、誰がこんなもの……」

「あ、おれ、健康診断の問診票をまだ教務課に出してないんだけど、それかな？」

「魚住さぁん。教務課はこんな手の込んだことしないですって」

言われてみればその通りである。

最近他人に恨みを買うようなことをしただろうか？　魚住は少し考えてみたけれども、

特に思い当たるフシがない。先週のおやつだった赤福を一個多く食べたのも、誰にもバレていないはずだ。

手紙をくしゃ、とぞんざいに潰《つぶ》して屑《くず》かごに放り込む。こんなもので思い悩むのは時間の無駄だ。

「あっ。証拠になるんですよッ、なんかあった時の！」

慌てて伊東が拾い上げたが、魚住は受け取らない。そんなものに興味はなかった。

「さあてと。伊東くん、なんか食べて帰ろうよ。濱田さんも呼んできて。ああ、手紙の件は言わないでいいからね。あの人、わりと心配性なんだから」

「もー、魚住さんお気楽なんだからー」

最近、響子がいなくなったぶんまでなにかとやかましくなった伊東が、パタパタと隣室に濱田を呼びに行った。

魚住はブルゾンに袖《そで》を通しながら、もう一度さっきの手紙を思い浮かべた。

あれだけ特徴のある文字なら、記憶に残っているかもしれない。しかし、やはりなにも思い出せない。

——忘れたとは言わせない。

悪いけど、忘れちゃったよ。

心の中でそう呟《つぶや》いて、魚住はカシャンとロッカーを閉めた。

いつも通り、鍵《かぎ》はかけなかった。

2

数日後の昼時、マリが研究室に顔を見せた。

「ごめーん、魚住。安岐さんてば、ここまで来たんだって？」

「うんうん。来た来た。おれどーしようかと思ったよ。ねえコレ、湯切りしたほうが美《お》味《い》しい？」

どうやらカップ麺《めん》を制作中であったらしい魚住にそう聞かれ、マリはその手元を覗き込んだ。

「……したほうがいいんじゃない？　そのほうが美味しいって書いてあるわよ。あんたこんなモンばっかり食べてんの？　ちょっと、湯切りすんならスープの素《もと》入れちゃだめよ！」

「あ、そっか」

横でふたりのやりとりを見ていた濱田が、

「Journal of Virology に論文が掲載される男が、インスタントラーメンの作り方に悩むなんて、誰も思わないだろうな」

と笑いつつ、自分のカップ麺の包装を剥《は》がしている。

「センセ、なにそれ。業界誌？」

「ウィルス学の、権威ある専門誌だよ。教授と魚住くんの連名で載るんだ。送られてきたら見せてあげますよ」

「英語なんでしょ？　読めないわよ。読めたってわかりゃしないしさ。でね、魚住」

マリがヤカンからお湯を投入中の魚住に向き直る。

「もう行くなって安岐さんには言ったから。まいっちゃうわねー。生真面目なわりに突拍子もなかったりするんだから」

「おれあの人キライじゃないけどな。マリちゃん、どうしてダメなの？」

「結婚しようなんて言うからよ」

「マリちゃん結婚したくないの？」

「したくないのよ」

「そうか。じゃあしょうがないね」

「ああもう、世の中の男がみんなあんたくらい呑《の》み込みがよかったらいいのに！」

マリが魚住をぎゅうっと抱きしめ、ポンポンとその背中を叩《たた》いた。そしてすぐに放し、

「はい。湯切りしといで」

と追いたてる。魚住は頷《うなず》いて立ち上がり、カップ麵と共にシンクへ移動した。

「ああ、この間学内で奇妙な男に魚住くんの居所を聞かれたけど、あれがマリさんの恋人だったのか……」

濱田が紙フタをペリペリと剝がしながらそう呟く。

「ヤダ。センセにも見られちゃったの？」

「なんかねぇ。ちょっと危ない雰囲気の人だったなぁ……僕はオススメしない。やめといて正解だよ」

「そうかしら？　一般人よわりと。しかしアレねー。魚住が食べてるのはそうでもないんだけど、濱田センセがカップ麺って、なんとも情けないわねー」

「言わないでくれ」

濱田は苦笑しつつ、割り箸《ばし》をパチンと鳴らす。その横を魚住が通り過ぎる。一度カップ麺を机に置き、それからロッカーに向かっているようだ。

「あのさ。サリームがデザート作ってくれたの持ってきたんだ。マリちゃんも食べていきなよ、タルト・タタン」

「あ、食べる食べるー」

「タルト・タタンて？」

濱田の問いにマリは、

「リンゴのタルトなんだけど、普通のアップルパイと逆で外側にリンゴが……」

と説明しかけていたのだが、途中で遮られた。

魚住がうわッ、と声を立てたのだ。マリと濱田が立ち上がる。

「どうしたのよ？　……なにこれ」

ロッカーの中は滅茶苦茶に荒らされていた。

替えの白衣は裂かれてボロボロだ。棚板が落ちて、その上に載せられていたのであろうタルト・タタンの包みが落ちてしまっている。扉の裏側についている鏡も割られ、ヒビが入っていた。

濱田がマリをそっと退けさせて、ロッカーを詳しく観察する。

「おれのタルト・タタン……」

ぐしゃぐしゃに崩れてしまった菓子を、魚住が呆然《ぼうぜん》と見ている。

「こりゃまた……派手だな。魚住くん、なくなってるものはないかい？」

「え……あ……いや、たぶんなにもなくなっては……」

「金品の類《たぐい》は？」

「サイフはいつも尻《しり》ポッケだから」

魚住はいつまでもタルト・タタンから視線を外さずに答える。

「ちょっとー。警察に届けないの？」

マリが濱田の背中に言う。

「内部の人間の可能性が高いからね……金品がなくなっていないなら、下手に警察沙汰《ざた》にするのも」

「なに言ってンのよー。サイフなくなるより白衣刻まれるほうが、よっぽど気味悪いじゃないッ」

「タルト・タタン……」

魚住の呟きは力無い。

凝視している床から、ふわりとカラメルの香りがした。

「マリさんの意見は正しいんだけど、実際のところストーカーめいた話には、なかなか警察は動かないんだよ。でも魚住くんが届けたいならもちろん僕は止めない。いずれにせよ、日野教授には報告しないとならないな」

魚住はタルト・タタンのみに気を取られて、あまり濱田の話は聞いていなかった。

白衣も腹が立つ仕業だが、さらにタルト・タタンへの仕打ちは許せない。サリームと共に買い物に行って、紅玉林檎《りんご》の値段を知っている魚住にはなおさらである。

「それは食べないほうがいいよ。こんなことをしたヤツが、タルトにも触れていないっていう保証はないから」

濱田がそう言うと、魚住は泣きそうな顔をしてマリの袖をぎゅうと掴《つか》んだ。

「グズグズうるせーなぁ、もう。サリームはまた作ってくれるって言ったんだろ？」

「そうだけど。今日食べたかったのに……」

夜、会社帰りにそのままやってきた久留米との夕食用に、スパゲッティを茹《ゆ》でながら魚住はずっとブツブツ言っていた。タルト・タタン喪失のショックは、かなり尾を引いているようだ。

「その、マリがふった眼鏡男なんじゃねぇのか、犯人は。そいつならおまえに恨みがあって当然だろうが」

久留米は横で、出来合いのトマトソースに入れるための、ナスとズッキーニを焼いている。これもサリームに教わったレシピだ。簡単で美味しい。

「いやー、あの人はそんなことできないと思うんだけどなぁ。だって間男に挨拶《あいさつ》しちゃうような人だよ？」

「じゃあ誰がおまえの白衣を雑巾《ぞうきん》みたいにしちまったんだよ。おい、茹で過ぎんなよ。おれは硬めが好きなんだ」

「うん」

魚住はキッチンタイマーと睨《にら》めっこしながら、やっとタルト・タタンの愚痴をやめて調理に専念した。その真剣な横顔を、久留米はこっそり横目で観察する。

魚住に緊張感があるのは、料理をしている時と、大学で研究に勤《いそ》しんでいる時（久留米は見たことはないが）、あとは……ベッドの中だ。

最初のうちは、どうしても硬くなってしまいがちな魚住の身体を、蕩《とろ》けさせてゆくのは久留米の指先や舌の仕事である。

まるで手の中で氷を温めるように、次第に融解していく姿は、久留米に独特の興奮を与える。身体距離が極限まで縮まり、触れ合う部分から融合しそうなほど熱くなる。

――だからって、こいつがわかるようになったわけでもないけどな……。

同衾《どうきん》する関係になって二か月が経ったが、普段の魚住はそれ以前とそう変わっていない。少なくとも久留米にはそう見えるし、自分自身も日常生活は変わらない。男と寝たら天地がひっくり返ると思っていたわけではないが、世界観が変わるかと踏んでいたのだ。ところが、さしたる変化はない。

会社の女の子たちが冗談交じりに、ナントカ課長ってホモなんじゃないの、などと冗談めかすのを聞いて、ピクリと反応してしまう程度だ。それにもそのうち慣れるのかもしれない。予想以上に自分は図太かったらしい。

変わったのは、夜だけだ。

週末の夜は変わった。

ちょうどいま、この時間のように。

食事をすませて、風呂《ふろ》に入り、久留米はソファに寝そべってスポーツニュースを見る。魚住はたいてい本や専門誌を読んでいる。英文のものも多い。そのうち、パタンと本を閉じて、テレビを見ている久留米に身体を寄せてくる。逆の場合もある。つまり久留米が魚住を引き寄せることも少なくない。決まったルールはない。

「巨人勝ったの？」

「負けやがった。なにやってんだか工藤《くどう》は」

火のついた煙草に気をつけながら、魚住を抱き込んで髪に触れる。そのまま、最後に深く一服して、火を消し、聞いた。

「どんなキスをしたんだ？」

「なに？」

「マリと、どんなキスをした？」

「大人のキスだよ。お芝居だけど」

久留米の胸から顔を離して言う。目が合う。

「へえ。おれにはしてくんないの、大人のキス」

「してやるよ？」

魚住はひょいと眉《まゆ》を上げて快諾した。

一度身体を起こし、久留米をソファの上に押しつける。魚住が身体の上に乗っているので、多少は重い。同じくらいの背丈の女の子が乗っているよりは絶対に重い。久留米が片脚を床に下ろしてスペースを作ると、魚住が脚の間に上手《うま》く入ってきた。もう重くない。

まだ髪の濡《ぬ》れている魚住が少し顔を傾けて、ゆっくりとくちびるを合わせてくる。久留米は自分からは一切動かないで、ただ受け入れた。

くちびるの隙間でゆるゆると魚住の舌が遊んでいる。少し擽《くすぐ》ったい。やがてぴったりと重なって、本格的に舌が潜り込んでくる。久留米が自分の舌を浮かせてやると、絡みついてくる。

魚住は丁寧に動く。

久留米の味蕾《みらい》のひとつひとつを確かめるかのように、ゆっくりと動く。

やがて、自らのゆっくりした動きに、自分でたまらなくなったかのように、くちびるの隙間から吐息を漏らし、離れていった。

頬が上気している。

積極的には反応しなかった久留米を、なんとも色っぽく睨む。無意識でやっているから恐ろしい。こんな顔をよそでされたら、たまらないなと久留米は思った。

「……おれ、キス、下手？」

「いや。普通じゃないか？」

「じゃあもっと、なんか反応しろよー。つまんないじゃんかー」

実は反応著しい部分もあるのだが、久留米はあえて言わずに、

「交代」

と、今度は魚住を自分の身体の下に巻き込んだ。久留米の口づけを受けながら、魚住はリベンジでも図ろうというのか、しばらく無反応だった。

だが長くは続かない。そのへんは、久留米のほうが一枚上手である。

「……ふ……」

やがて細い腕を久留米の背に回し、鼻から甘い息を漏らす。薄い舌を存分に味わいながら、脇のラインに添って手を動かしていくと、逃げるように身体をくねらせる。その動きにそそられて、一週間ぶりの恋人の身体に、久留米は溺《おぼ》れそうになる。深い口づけを続けながら、魚住のパジャマの裾《すそ》から手を忍び込ませた時だった。

部屋の電話が鳴った。

魚住が音の方向に顔を向ける。

「あ、デンワ……」

「いいよ。シカトしとけ」

「でも……あッ……」

耳の上部の軟骨を噛《か》んだ途端、細い身体が震える。ここが弱いことを、久留米はもう承知ずみだ。

夜を重ねるたびに、魚住の身体を知る。もちろん魚住にも知られる。

男同士で身体を合わせる困惑は次第に薄くなり、悦楽は限度を知らずに膨らむ。

数回のコールが居間に響き、カチリと留守録メッセージに替わる。機械音声がありきたりな文句を終える。

しばしの沈黙がある。電話が切れた様子はない。

「む……無言、電話かな……」

少しずつ息を乱しながらも、まだ電話に気を取られている罰として、魚住の小さな乳首を抓《つね》る。痛い、と色めいて掠《かす》れる音声が、痛いだけではないと久留米に伝える。

『……ワスレタトハ』

ソファの上で絡み合っていたふたりが、同時に動きを止めた。

明らかに加工した音声。

刑事ドラマで誘拐犯がかけてくる電話の、あの声だ。

『ワスレタトハ　イワセナイ……』

それだけ言って、電話は切れた。

「なんだあ？　気持ち悪ィな。おまえ、いったいなにしでかした？」

久留米が身体を起こして電話機の方向を睨む。さすがに魚住も身体を硬くしていた。

「わかんない……この間、同じ文句の手紙も……」

ロッカーに入っていた手紙の件を聞いて、久留米が険しい顔になる。しかもその手紙は捨ててしまって、もうない。

「捨てたらダメだろうが。ストーカーの証拠になるんだぞ、そういうのは」

「でも、つきまとわれてるわけじゃないし」

「これからつきまとわれるかもしれないだろ」

それはイヤだなぁと魚住がぼやいた。

「最近、女だまくらかしたりしてないか？」

「してないよ。以前だって騙《だま》したわけじゃなくて……単に覚えていなかっただけで」

「ホントか？　ストーカーってのは、男が多いらしいけど、女の例もないわけじゃないからな」

冗談交じりに言いながら、久留米はソファから立った。

ふいに、魚住が聞いてきた。

「……おれが女の子と寝たら、それって、ウワキになんの？」

「え？」

「久留米、おれが女の子とやったら怒る？」

飲みきったビールの缶をキッチンに下げながら、久留米はしばらく返事をしなかった。考えてみたが、どうも実感がわかないのだ。

「おまえはどうなんだよ。おれが女と寝たらさ」

そう返してみた。

「え。……ちょっと待って、想像してみるから……う……あ〜」

魚住はひとりでなにやら呟《つぶや》いていたが、結局、

「ダメだ。なんか腹立ってきた」

という結論を提示してきた。

「じゃ、おまえもすんなよ。人にされたらイヤなことは、自分でもしない。これが世の中のルールの基本なんですよ、魚住クン」

そう言って再び戻ってきた久留米は魚住の腕をぐいと掴《つか》んで立ち上がらせ、寝室に引っ張っていく。

「でもさ。微妙に違うくない？　だって、なんつーか、いまのところおれ、おまえには抱かれてるって感じで。でも、女の子は抱くんだし。けどおまえの場合はさ……」

「うるさいヤツだなぁ。昔はもっと無口だったような気がするぞ」

久留米は布団を捲《まく》り上げて、シーツの上に魚住を軽く突き飛ばした。揺れるベッドの上で魚住のパジャマのボタンを外す。魚住も腕を交差させるようにして、久留米のボタンを外し始める。

「たとえばおれとおまえで立場が逆で、おまえが下だったりしたら」

「もう黙れバカ」

苦笑を漏らしながら、久留米は一番有効な方法で、その口を塞《ふさ》いだ。

その後しばらく、不気味な電話はなかった。

魚住のロッカーが荒らされることも、あれ以降は起きていない。

犯人がわかっていないので、多少の気味悪さは尾を引いていたものの、警察に届けるほどの被害も出ていない。濱田や伊東も目を配ってくれているので、魚住は事態を深刻に考えてはいなかった。ただし久留米にしつこく言われ、戸締まりにだけは気を遣っていた。もっともそれはストーカー以前の問題である。

そんなある日、魚住は学内で安岐を見かけた。

人違いかとも思ったが、やはり安岐だ。遠目でもあの飴《あめ》色の眼鏡でわかる。おかしい。なんでこんなところにいるのだろうか。マリからは、もう研究室を訪ねてきたりしないようにと言われているはずである。

安岐は白いポロシャツにコットンパンツを穿《は》いて、学食から出てきたところだった。抱えているのはテキストらしい。この間と違って髪をきっちり整えていないので、多少年のいった大学生に見えなくもない。あの姿でならば、魚住のいる研究室にさりげなく入ることも可能だろう。どこか野暮ったいところが、ちょうど理系の学生のイメージである。

「あ。う、魚住さん」

声をかけるかどうか迷っているうちに、安岐に見つかってしまった。意外にも安岐はすぐにこちらに近寄ってきて、ぺこりと頭を下げる。

「先日は失礼しました。マリさんに叱られました」

やはりちゃんと叱られてはいるようだ。

「あの。なにしてるんですか、ここで？」

「ええと……その……マリさんには内緒にしていただきたいのですが……ムリ、かな。見つかってしまったんだから仕方ないですね……僕、実は聴講生になったんです、ここの文学部の」

またしても意外な返答であった。

「でも……お仕事、してるんですよね？」

「ええ、父の系列会社の役員なんです。一応。でもなんとか時間作りました」

役員。よくは知らないが、役員というのは偉い人なのではないかと魚住は思った。そんな偉い人が聴講生なんてしている暇があるのだろうか。

「どうしてまた？」

魚住が問うと、安岐は恥ずかしそうに笑った。その顔を見ていると、やはり人の白衣を裂くようには見えない。

「僕、マリさんを諦《あきら》めきれないんです。こういうのみっともないとは思うんですが」

それと聴講生は関係ないのではないか。

「マリさんに初めて会った時のこと、忘れられません……ずいぶん昔の話なのに、いまだに鮮明なんです」

「昔って」

安岐は手持ち無沙汰《ぶさた》そうに、テキストのページの端を弄《いじく》りながら、

「十五でした」

と言った。

「え。十五歳って、中学生？」

そんなに昔の話だったとは知らなかった。つい最近の取り巻きのひとりなのだろうと、魚住は思い込んでいたのだ。

「いえ、高校に入りたての頃で。マリさんと学校が近かったんです。僕、男子校だったので、全然女っ気なくて。それにほら、見た通りどうもトロくさいところがありまして。ある朝、足を滑らせて駅の階段を派手に転がり落ちたんですよ」

確かに、なんとなく転びやすそうな人だ。他人事《ひとごと》とは思えない魚住は少し同情した。

「大きな怪我はなかったんですけど、まあそこらじゅう擦り剝《む》きまして。その時に僕に濡《ぬ》らしたハンカチと絆創膏《ばんそうこう》をくれたのが……マリさんだったんです」

ますます恥ずかしそうな安岐を見ながら、魚住は違和感を覚えた。

マリは確かに優しい。怪我をしている人を見れば、助ける手を惜しんだりはしないだろう。自分の手が必要な場合は。だが、たかが擦り傷の健康な高校生に、そういう手の差し伸べ方をするだろうか。自分で立てる相手に、マリは手を貸すだろうか？

「優しくて……初恋、だったんです。うわあ」

言いながら、真っ赤になっている。これがもし演技だったらたいしたものだ。

「じゃあ高校生の時からの知り合い……」

「いえ、それからちょっとして、マリさん引っ越してしまったんですよ。もちろんこれも再会した一年前に知ったんですけど。接待で使った会員制のクラブで。驚きましたよ……すごく綺麗《きれい》になってたし。セーラー服姿もよかったけど」

なんだろう……なにか変だ。魚住の中から違和感が消えない。安岐が嘘をついているとは思えないのだが、その話をまるごと受け入れる気にもなれない。

「でも、魚住さんみたいなライバルがいたんじゃ、僕なんか絶望的だっていうのはわかっているんですけど、やれるだけやって、それで諦めようかと」

「やれるだけって？」

「あ。勉強です。マリさん、頭の悪い男はキライだって、いつも」

それで聴講生なのか。

なるほど。その流れは理解できなくはないが、普通はしない。好きな女に頭が悪いからイヤと言われたら、そこで終わるだろう。大学にまで通うというのは、ある種の執念である。マリはもしかしたら、このへんが苦手なのだろうか。

「あの。すみません、できれば内緒にしてください。こんなことする男って、ちょっと変だってわかってはいるんです。ああ、魚住さんに頼むのも、またさらに変なのか……弱ったなァ……」

「はあ……一応、恋敵《ライバル》ということなんで……」

一応というのもおかしな話だが、ほかに言い様もなかった。

安岐は力なく笑うと、自分の腕時計を見て、次の講義がありますのでと、再び頭を下げる。魚住も会釈を返し、すっきりしない気分のまま、研究室に戻る。

魚の小骨が喉《のど》に引っかかったような違和感は、なかなか拭《ぬぐ》えなかった。

3

手紙。

荒らされたロッカー。

電話。

そして次の事件は意外なところで起きた。

マリが誰かに後をつけられたという。

「うわ、怖いもの知らずなヤツだな」

というのは久留米の感想だ。

「あんたもたいがい失礼な男だわね。非力な美女が夜中に背後から腕を摑《つか》まれたのよ？ケチらないで、ドカッと心配しなさいよッ」

非力な美女はソファにふんぞり返って脚を組み、煙草を銜《くわ》えた。

週末、魚住の部屋である。

ドカッと心配、というのはどういう心配なのかよくわからないが、魚住は今回の話を聞き、かなり驚いていた。腕を摑んだ男は自分の名を口にしたのだという。

——魚住真澄はやめておけ。

それが男の発した言葉だった。

「あと、イテッ、っていうのもあったけど」

マリが付け足す。

「おまえの肘鉄《ひじてつ》、入ったの？」

「鳩尾《みぞおち》にバッチリ。逃げ足速くて、回し蹴《げ》りには至りませんでしたけど」

久留米がかしこまってマリの煙草に火をつけた。まさか襲った女が琉球《りゅうきゅう》空手の有段者だとは、相手の男も思わなかっただろう。

「ダメですよマリさん。腕力ではたいてい男のほうが上ですし、刃物を持っていたりする可能性もあります。一撃入れたらすぐに逃げるのが、身を守る鉄則です」

ベトナムコーヒーを配りながらサリームが言うのに、魚住は強く賛同した。

「そうだよ……マリちゃんになんかあったら、おれ、どうしたらいいの」

「ごめーん。つい調子に乗っちゃって。師範にもそう言われてるのよね。しかし、アレ誰なんだろ。あんた本当に心当たりないの？　どっかの男にツレなくしてない？」

「うん。してない。だいたい、ここんとこずっと研究室に籠《こ》もってるだけだよ」

床にペタンと座って、魚住は困惑顔をした。もともと行動範囲はたいして広くもないうえに、春以降は本当に忙しく働いているのだ。

なぜこんな事態になるのか、さっぱりわからない。だが、いよいよ放ってもおけなくなってきた。自分におかしな手紙やら電話やらがくるのはさほど気にはしないが、被害がマリにまで及んでは悠長にかまえてもいられない。

「おれはまた、どっかの女絡みかと思ってたんだけどな」

そう言う久留米に、バッカねぇとマリが呆《あき》れ声を出す。

「最近の魚住の色気は男殺しの傾向だわよ。そんなこた、あんたが一番よくわかってんでしょーが」

「おい魚住、もう一度よく考えてみろ。心当たりないのか？」

マリのセリフなど聞こえなかったかのように、久留米が魚住に問う。魚住は爪を噛《か》みながら考えるが、やはり思いつかない。

「妙ですよね。そもそもマリさんと魚住さんがつきあっているというのは、お芝居であって、そんなふうに思っている人は限られているのでしょう？」

サリームの疑問はもっともである。

「そうなのよねぇ。安岐さんくらいしか」

「あと伊東くんがちょっと誤解してるかも。説明してないから」

魚住はそう付け足した。

「でも伊東くんじゃなかったわよ、あたしを襲ったのは。あの子ならすぐわかるもん」

魚住も伊東だとは思っていないし、必然性もない。最初にマリを知った頃は、盛んに美人ですねー、いいなーとは言っていたが、何度か顔を合わせるうちに自分の手には負えないことを察知したようだ。そのへんの伊東の見極めは正しい。

そうすると、どうしても安岐が浮かんできてしまう。

「んーと。マリちゃん、いままで黙ってたんだけどね……」

「なに？」

「こないだ、大学でまた安岐さんと会った」

ええっと、マリ、久留米、サリームがコーラスをする。

「もう行くなってあれほど言ったのに！　なんであたしの言うことを聞かないのかしら、あの男は！」

「いや、あの人ね、講義受けに来てたんだ」

「なんですって？」

「うちの大学の聴講生になったんだって」

マリが口を開けたまま驚いている。指に挟んだ煙草の灰が長くなっているのを見たサリームが、その先に灰皿を持っていった。

「……ア。ありがとサリーム」

「いいえ」

煙草を消しながらマリが頭をゆっくりと横に振る。

「信じらんない……そりゃ、あたしは言ったわよ、一般教養がなさ過ぎるわって。もう一度学校に行ったほうがいいんじゃないの、って。言ったけどさあ。でもフツーそれ、マジに取る？」

「前にも言ったような気がするけどな。おまえ、男の趣味悪いよ」

「前にも言ったと思うけどね、男運がないのよ、あたしには」

久留米にそう言い返しながらマリはコーヒーをぐい、と飲み、

「にがッ。うわっ、あまッ」

と続けて驚いた。

「ああ、コーヒーはエスプレッソで、白いところはコンデンスミルクなんです。綺麗《きれい》な層ができているでしょう？　混ぜてどうぞ。でもマリさん、その安岐さんという方は、とても真摯《しんし》な人のようにも感じるんですが」

「おれもそう思うんだ」

魚住がガラスのカップに入ったコーヒーを観察しながら同意する。

「なんか、不器用そうで、騙《だま》されやすそうで、すぐに転びそうだけど、悪い人って印象はないよ。それに、マリちゃんのこと、すごく好きみたいで……おれをどうこうするんならともかく、マリちゃんを誰かに襲わせたりは絶対にしないと思うんだけどなァ」

「マリは耐熱ガラスのカップの中で、コーヒーとミルクのマーブル模様を作りながら、

「あたしもそれはそう思うんだけど……魚住、ゴメンねぇ。なんかあたしのせいで変なことに巻き込んじゃって」

と詫《わ》びた。

続けておもむろに顔の向きを変え、ちょうど反対側に座っている久留米に、

「久留米もゴメンねぇ。あんたの可愛い人を変なことに巻き込んじゃって」

と芝居がかったしおらしさで言う。

久留米は一瞬眉《まゆ》を寄せたがすぐにそれを解除して、

「ホントだぜ。人のモンを勝手に使うな」

と言ってのけた。

横で聞いていたサリームがちょっとびっくりしている。マリはさすがに、久留米の居直る傾向をわかっていたらしく、クスクスと笑っている。

結局、久留米のセリフに一番反応してしまったのは、ほかならぬ魚住だった。

顔が赤くなってしまうのを止められず、深く俯《うつむ》く。誰とも目を合わせられない。なにがどう恥ずかしいのか、自分ではちっとも分析できないのだが、とにかく恥ずかしくなってしまうのだ。いままで知らなかったのだが、恥ずかしがらないようにしようと思うと、ますます恥ずかしさは加速するものらしい。俯いたまま固まっていると、横からマリに頭をツンとつつかれてしまった。

甘くて苦いコーヒーを飲みながら話しているうちに夕方になり、夕方になると空腹にもなり、サリームが「なにか作りましょうか」と言えば、遠慮なくあれもこれもと要望は膨らんでいき、最後はいつもの飲み食い大会になっている。

それでもデザートのココナッツのブランマンジェを食べる頃になると、マリはやはり安岐に本当のことを話すと言いだした。

「あんなお芝居うったのがことの発端だもんね」

魚住は、白くてどこか官能的なデザートを器の中でふるふると震わせながら、

「結婚しないままでいるのはダメなの？」

と聞く。

「マリさんは、その方を嫌いなわけではないのですよね」

サリームからもそんな質問が出る。

「あの人、いい人過ぎるのよ。御曹司なんだし、もっとお似合いのお嬢さんとサクッと結婚しときゃいいのよ。そもそも、最初から間違ってるってのが痛いわね……」

小さなスプーンをブランマンジェに食い込ませながらマリが呟《つぶや》く。

「最初って高校生の時？」

「ヤダ。安岐さんてば、そんな話までしたの？」

「うん。駅の階段で転んだところを、セーラー服のマリちゃんが……」

魚住が言いかけたのを、マリが遮る。

「やめてやめて。その話は忘れてちょうだい」

横で久留米が指についたバニラソースを舐《な》めながら、

「おまえなんかヘンだな？　もっとお似合いのお嬢さん、とかそういうセリフはらしくないぞ」

と言う。確かにそうだと魚住も思った。人間同士の釣り合いを考える発想自体が、マリらしくない。

安岐に関してのマリの行動には、どうもいつもの切れ味がないのだ。

「なんていうのかしらね。どんな男でもバッサリやれるつもりだったんだけど、安岐さんは緩衝材みたいな人でさ。きついパンチ入れてもふにゃーん、って吸収されちゃう」

「あ。マリさん、もしかして、あの高い車を傷つけたのに、文句ひとつ言わなかった人ですか」

「そうそう。あのイタ車のオーナー」

マリがその接触事故を起こした時に同乗していたサリームは、なるほどと頷《うなず》く。

「うわ、例のマセラティかよ。下手な別れ方して、いまさら修理代支払えとか言われたら、どーすんのおまえ。ちょっと金額想像つかねぇな」

「そんなセコイことを言うような男だったら、やりやすいんだけどさ、あたしも」

珍しく覇気のないマリはそう言って、それでもブランマンジェはおかわりした。

魚住も慌てて器をサリームに差し出し、みんなに笑われた。


翌週の木曜日、マリから電話があり、安岐と話をしたからという報告を受けた。

『でもやっぱり、安岐さんは講義を受けてるだけみたいだわねぇ。あんたのほうは？変な電話とか、その後あった？』

「うーん。無言電話が時々あるんだよね」

『いやだ。今日も？』

「ううん。今夜はまだない。それに、安岐さんじゃあないと思うよ」

そうだといいんだけど、とマリが溜息《ためいき》をつく。

なにかあったら必ず連絡するからと約束して、魚住は電話を終わらせた。現在マリは安岐のマンションを引き払い、女友達のところで居候しているそうだ。そこの電話番号も教わった。

　そして翌日の、金曜日。

　安岐が青い顔をして、再び研究室を訪れてきた。魚住も今度はさほど驚かなかった。来るかもしれないなという予感はあったのだ。

「申し訳ありません魚住さん。少しだけ、お時間いただけませんか……」

今日はスーツ姿だった。仕事をやりくりして来たのかもしれない。

「濱田さん、三十分だけ外してもいいですか」

「かまわないけど。あちらは？」

「あの。例の、マリちゃんの」

「え。彼が……？」

なにか言いたそうな濱田を残して、魚住は白衣のままで空いている応接室に安岐を通した。紙コップのウーロン茶を出すと、それこそ蚊の啜《すす》り泣き、といった声で「おかまいなく」と安岐が言う。

ふたりは向かい合って座った。

気まずい沈黙が流れる。

「マリさんが」

安岐が絞り出すように言った。

「マリさんが言うんです。僕は本当のマリさんを見ていないって。マリさんに幻想を抱いて、それに恋をしているだけなんだって」

「はあ……幻想ですか」

なにやら難しい恋愛論になりそうである。

「でもそれをいくら説明しても、僕には理解できないだろうから、だから魚住さんとあんなお芝居をうって……。申し訳なかったわ、と優しく謝ってくれました」

「申し訳なかったわ？」

マリがそう言っているところが、魚住にはどうにも想像できない。

「魚住さん、お願いします。教えてください。僕はマリさんのこと、そんなにわかっていないんでしょうか。僕にとってマリさんは、高校生の頃からちっとも変わっていない優しい女性です。車の運転は少し下手かもしれませんし、浪費癖が多少はあるにしろ、それでもそんなものは気にならないくらいの優しい女性です。濃《こま》やかに気のつく、でも時々厳しいところもあって、それもまたマリさんの優しさで」

「あの、ちょっと待ってください安岐さん」

「おまけに美人で、聡明《そうめい》で、確かに僕なんかにはもったいない人ですけど、でもでも、マリさんをちっともわかっていないって言われるのは……辛《つら》いです」

肩を震わせて安岐は力説する。

魚住はマリが安岐の前でどんな女性だったか、少しずつわかってきた。マリはいつもの姿を安岐には見せていないのだ。マリは車の運転が下手ではない。むしろ上手《うま》いと久留米も言っていた。ただし乱暴ではある。浪費癖、というか贅沢《ぜいたく》品を好む傾向もない。優しいのは本当だが、おそらく安岐の言うような見えやすい優しさではない。

つまり、マリは演じていたのだ。しかしなぜマリがそんなことをしたのかがわからない。最初は単に店の客だから、適当にあしらっていたのだろうか。いや、だがふたりは高校生の頃、すでに会っているのだ。

高校生……セーラー服……。

「あ」

魚住は思い出した。喉《のど》の小骨がぽろりと落ちる。

違和感の原因はそこにあったのだ。

「安岐さん。あの、間違ってますよ」

安岐が眼鏡のずり落ちてしまった顔を上げた。

「ま、間違っているんでしょうか。マリさんをわかりたい、理解したいという僕の気持ちは間違って……」

「いやいや、そういうんじゃないです。もっと根本的なマチガイ。マリちゃんの高校はセーラー服じゃないです」

魚住の言葉は、安岐の耳には届いたが、頭に入るまで時間がかかったようだった。

「……え。だって……」

「安岐さん、階段で転んだ時、名前聞きましたか、その子に」

「も、もちろん、ちゃんと聞きました。忘れたこともないです。鞠谷、鞠谷麗子《れいこ》さん」

「それお姉さんです」

「…………は？」

今度の言葉はもっと時間がかかったようだ。安岐は惚《ほう》けたように「え」だの「だって」だのと口の中で呟いている。

「麗子さんはマリちゃんのお姉さん。マリちゃんの名前は、鞠谷優子。おれ会ったことないですけど、すごく似ている姉妹だったって聞いてます。安岐さん、ずいぶん長いこと人違いしていたんですねェ」

「じゃあ……僕に、絆創膏《ばんそうこう》くれたのは……」

「お姉さんのほうでしょうね」

安岐の喉仏がヒクンと動く。

一分ほど、絶句状態に陥っていた。

その後、ずり落ちていた眼鏡をやっと上げる。動きが重い。

「お姉さん……？　麗子さんじゃなくて、優子さん……？　でも……なんでそれを僕に言ってくれなかったんですか……なんで、こんなにずっと……」

「うーん、それはおれにはわかんないけど。もしかしたら安岐さんを失望させたくなかったのかもしれないし」

「失望？」

「麗子さんはもう亡くなってるから」

言ってしまってから、もしかしてこれって言ったらまずかったのだろうか、と魚住は思った。いずれにせよ遅過ぎる。

安岐は二度目のフリーズをしている。今度は一分以上かかると思われる。

無理もない。混乱もするだろう。いったい、自分は誰に恋をしていたのか、わからなくなっているのかもしれない。初恋の相手は別人で、しかもすでに故人。

魚住がマリに一番最初に会った時、その姉はもう亡くなっていた。

おそらくは安岐が出会ってから、そう時間をおかずに没したのであろう。魚住も詳しい事情は知らないのだ。顔はそっくりで性格は全然違うお姉ちゃんがいたの、と聞いたことがあるだけだ。

かなり昔の話だ。

大学で久留米と知り合い、その彼女がマリだったとわかった頃だろうか。

最初は、さすがに魚住も驚いた。自分の家族を呑《の》み込んだ大型トラックのドライバーの娘が、友人の恋人だったのだから。かといって、マリにはなんの非もないし、魚住にはその頃、誰かを責めるほどの余力もなかった。ただ呆然《ぼうぜん》としていた。いまでも同じだ。家族を失った現実を、誰かのせいにする気にはならない。

悲しみに理由をつけることを、魚住はしたくない。

家族の葬式に来てくれたのはマリだけだった。

ドライバー自身は重傷で入院していたし、その妻、つまりマリの母親もノイローゼで入院したと親戚《しんせき》たちは話していた。

マリだけが来た。たったの十七歳の少女は、学校の制服——そう、紺のブレザー姿で現れ、冷たい視線を寄越《よこ》す大人たちの中で焼香をし、魚住に頭を深く下げた。

目が合った時、不思議な気持ちになった。

突然家族全員を失い、朦朧《もうろう》としていた魚住の中に、その時マリは確かに入り込んできた。なにもかも現実感を失った魚住に、マリという少女だけはリアルだった。

強い視線のせいだったのだろうか。

それは断崖《だんがい》を背に立っているかのような強さだった。余裕などない。気弱になった瞬間、膝《ひざ》は崩れて身体は放り出される。だから強くなくてはならない。

強く、しっかりと、立っているしかない。足の指で大地を掴《つか》むほど。

そんな少女だったのだ、マリは。

断崖に立っていたという点で、自分とマリは似ていたのかもしれない。マリの断崖がどんなものなのか、魚住は知らないが、感じることはできたのだ。魚住も当時、また別の種類の崖《がけ》に立っていた。自分では気がつかないままに。

そして大学で再会し、当時の魚住にとってマリは一番近い存在となった。

お互いに、昔の話はほとんどしなかったが、一度だけ姉の写真を見せてもらった。本当に、双子のように似ていたのだが、やはり雰囲気は違う。

――お姉ちゃんはね、おとなしくて、優しい子だったの。いい子過ぎて、先に神様のお呼びがかかったってわけ。

マリはそう笑ったが、魚住には写真の中で姉に向かって微笑んでいるマリも同じくらい、温かく優しい目をしているようにも見えた。

「……僕は」

安岐の声に、魚住は回想から引き戻される。

「僕は、マリさんに……優子さんに酷《ひど》いことをしていたんですね……」

項垂《うなだ》れている安岐の声は、震えて聞き取りづらいほどだった。

「酷いこと？」

騙《だま》していたのは、マリである。安岐が悪いわけではない。多少愚かだっただけだ。

「だって……僕は、あんなにマリさんに好きだと言って、つきまとって、でもそれは本当はマリさんじゃなかったなんて……マリさんではないマリさんを見ていたなんて、僕は、僕は……」

眼鏡を取って、安岐は目を擦《こす》った。

「僕は失礼な男です」

泣いているのかどうか、魚住にはわからなかった。

安岐はマリを責めずに、自分を責めた。それがお人好《よ》しなのか、惚《ほ》れた弱みなのか、もって生まれた性格なのか魚住にはわかるはずもない。いずれにせよ、そういう考え方ができる男に好感を持った。

去り際に、安岐は時間をとらせてしまったことを丁寧に詫《わ》びてから、

「ああ、大切な話を忘れてしまうところでした。魚住さんのところに、おかしな電話がかかってきたそうですね」

と付け足す。マリは自分が襲われかけた件は話していないようだ。

「心当たり、ありますか」

「ええひとりだけ。同じ授業にいた学生が、僕に話しかけてきて、一緒に昼食を食べたのですが、その時つい失恋話なんかをしてしまったんです。魚住さんの名前を、僕は出さなかったのですが、彼は知ってました」

「え、おれの名前を知ってたんですか？」

安岐は頷《うなず》く。

「たぶん、僕が魚住さんに最初に会いに行ったのを見ていたんじゃないかと思います。だから僕に声をかけてきたんでしょう。あれ以来、姿を見ません」

「名前とか、聞きましたか」

「はい。偽名の可能性はありますけど、夏目《なつめ》と言っていました。ご存じですか」

魚住は少し考える。

聞いたことが、あるような、ないような。少なくとも、すぐに思いつく人物はいない。

安岐を見送り、ウーロン茶の紙コップを捨てながら、魚住は考えていた。

自分に恋している誰かが、本当に好きだったのは自分ではなく、顔のよく似た別人なのだと知った時、どんな気持ちになるのだろう。想像してみる。

かなり、いやだ。

かなり、悲しいことだそれは。しかも仕切り直しが利かない。

——あなたが最初に会ったのはこっちの人、そして再会したのはあたし、で、いま現在はどっちを選ぶのよ？

もしも姉が生きていたならば、マリはそんなふうにハッキリさせたはずだ。しかしそれすらも不可能である。いつになく切れのなかったマリの態度を思い起こす。やはりマリは、安岐を悲しませたくなかったのではないか。つまり、安岐に好意があったのではないか。考えてみればマリは安岐を一度もキライだとは言っていない。

——いい人過ぎるのよ。

そう言っていたのだ。

恋愛とは、難しいものなんだなァとビギナー魚住は中学生のような感想を抱いた。

「魚住くん、終わった？」

濱田が顔を覗《のぞ》かせた。三十分の予定だったのに、とうに過ぎている。

「あ、すいませんでした」

「いやいや。いいんだけど。あのさ、あの人じゃなかったぞ」

「え？　なにが？」

もう帰りかけなのであろう濱田が、ペイズリー柄の傘で自分の肩を叩《たた》く。

「あ、僕はマリさんに話しただけだったっけ。前にね、ちょっと変な男に聞かれたんだよ。魚住くんはいまどこの講座にいるんですかって」

「ヘンって、どんなふうな？」

「ううん。そんな、あからさまじゃないんだけど。僕が受けた印象としては、おずおずしているのと、図々《ずうずう》しいのとが同居しているような感じだね。日野教授の免疫学ですけど彼に御用ですか、って聞いたらなんかボソボソって言って、離れていったよ」

「ああ、そいつなのかなぁ、おれのタルト・タタンを落っことした奴は……」

魚住は今し方安岐から聞いた話を、そのまま濱田に伝えた。濱田は上目遣いに考えながら顎《あご》を摩《さす》る。

「怪しいなァ。僕が会った男も、まあ、老けてるけど学生に見えなくもない。ええと、名前聞いたんだろう？」

「ええ、安岐さんが聞いたのは、」

魚住が言いかけたところで、研究室の電話が鳴った。あ、いま誰もいないんだよ、と言いながら濱田が小走りに戻っていき、電話を取った。

「はい。……あれ、お久しぶりだね。元気かい？　うん、ああ、いるよ。待って……魚住くん、荏原さんだよ」

電話は、春から製薬会社の研究室に就職した荏原響子からだった。昨年度までは魚住同様、この研究室の院生だったのだ。先月も一度会って食事をしている。

「もしもし。響子ちゃん？」

『魚住くん。こないだはどうもね。元気？　風邪ひいてない？』

「うん。普通に元気だよ」

『それはなによりだわ。あのね……ちょっと昔の嫌なことを思い出させる話なんだけど。でも言っておかなくちゃと思って』

響子は学部生当時の魚住の恋人でもある。考えると、長いつきあいだ。

その響子の言う昔の嫌な話となると、ふたりが別れた頃のことだろうか。ふられたのは魚住のほうなのだが、傷ついたのはむしろ響子だったかもしれないと、いまは思っている。

「どうしたの？　なにかあった？」

『あのね。落ち着いて聞いてね。文学部の院にいる友達から連絡があったの。夏目を見かけたんだって。学生課に聞いてみたら、また入学し直したみたい』

夏目？

いまさっき、安岐から聞いた名前だ。それをなぜ響子からも聞いているのだろう。魚住は首を傾げた。

「夏目って、誰だっけ？」

間が空いた。

電話の向こう、おそらくまだ会社にいるのであろう響子は絶句しているらしい。

『やだ……魚住くん、忘れたの？　あいつよ。あの最低最悪な男よ、夏目恭平《きょうへい》よ』

次の瞬間、叫んでいた。

「あ。あーッ！　夏目恭平！」

「なな、なに。魚住くん、どうしたの」

濱田が珍しい魚住の大声に驚く。

夏目恭平。下の名前は覚えていた。響子がそっちで呼んでいたからだ。

魚住を、強姦《ごうかん》した男である。

4

語学などの必修授業が行われる大教室は、正門近くの二号館にある。主に一年生と二年生が一番使う校舎であり、魚住はここ数年はほとんど入っていない。前を通りかかるくらいだった。

ドイツ語履修のクラスに潜り込む。

前期試験が近いため、出席率はいいようだ。自分よりも五、六歳は下の学生たちの中に紛れても、魚住は浮きはしない。ただ、女学生たちがなにやら囁《ささや》きながらこちらを見ている。

静かに、目で夏目を探す。この授業に出ているはずだった。

ドア付近。壁際。

……いた。

窓際の席の、猫背の男。

あの頃より、いくらか太った印象がある。当時はもっと引き締まっていた。久留米とほぼ同じくらいの体格で、腕力も強かった。

だから魚住は抵抗できなかったのだ。

少し、足が竦《すく》んだ。

深く沈めた記憶が水面に近づく。忘れたつもりでいたあの時の感覚。

痛み。屈辱。恐怖。

そして怒り。

あの時、それらをすべて押し殺した。そうしないと、二度と立ち上がれない気がしたからだ。なんでもない、たいしたことではない、すぐにそう思えたわけではない。そんなふうに思えるはずがない。ネガティブな感情を、ひとつずつ生き埋めにするように殺していったのだ。皮肉にも、そういう作業に魚住は慣れていた。

ゆっくりと近づく。

隣に座った。夏目が驚きに目を見開いて、魚住を見た。

講師が入ってきて、授業が始まる。試験範囲を変更するという声に、学生たちが慌ててテキストを開いている。

夏目と魚住だけが止まっていた。

魚住は持ってきたノートを開いた。胸ポケットからHの鉛筆を取り出し、白いページに書きつける。声を出して話すわけにはいかないし、話したくもない。

——おれになにを言いたいんだ？

ノートを隣の席までずらして、見せる。

夏目はやや青い顔をして、しばらくそれを見ていた。目の下が窪《くぼ》んでいる。不健康な顔色の頬が僅《わず》かに痙攣《けいれん》した。笑ったのかもしれない。

夏目は返事を書いた。

――おまえが好きだ。ずっと昔から。いまでも。

ぞっとしたが、予想内の返答ではあった。魚住は間をおかずにこう書いた。

――おれは大キライだ。この間まで忘れてたけど、顔を見たら思い出した。自分を強姦した男なんか、殺したいほどキライだ。手紙も電話もやめろ。おれの友達の後をつけたりするのも許さない。

夏目はじっとノートを見つめていた。その視線はねっとりとした熱を持っているようにも見えて、魚住はものすごく不快になる。

ノートが帰ってくる。

――おれのことが憎いか？

――ケイベツしている。

――嬉《うれ》しいよ。

魚住の胃が迫《せ》り上がる。気分が悪い。

夏目は薄ら笑いを浮かべながら続ける。

――おまえが好きだ。どうしても手に入れたかったからあんなことまでした。

――ちがう。あんたが好きなのは、自分だ。自分の思うように相手を押さえつけることが好きなだけだ。

――理屈なんかどうでもいい。なんでもいい……おれを憎んでくれ。

その懇願の文章を読んだ瞬間、魚住の全身に寒気が走った。

——おれを憎んでいてくれ。忘れないでくれ。あんな女と一緒になんかならないでくれ。いや、なってもいい。わかってる。もう襲ったりしない。約束する。でも、おれを忘れないでくれ……ずっと憎んでいてくれ……好きじゃなくてもいいから。

吐き気がした。

粘りつくような恐怖と、同時に大きな怒りが魚住を襲った。

この男は、自分の存在に自信がないのだ。だからこそ、性暴力という手段で、自分の存在を強く魚住に植えつけたのだ。そうせずにはいられないほど脆弱《ぜいじゃく》で、卑怯《ひきょう》な男なのだ。自分のためだったら、他人を傷つけてもかまわないと思っている。

平気なのだ。

他者の痛みなどに、なんの同情も興味もないのだ。

本当に吐きそうだ。

そばにいたくなかった。

魚住はノートも鉛筆も置いたまま、ガタンと立ち上がり、講師と学生の視線を浴びながら教室を後にした。

その足でマンションに戻る。

教授にも濱田にも、無断で帰ってしまったが、それくらい気分が悪かった。

部屋に辿《たど》り着いた途端、嘔吐《おうと》感が限界に達した。

トイレの床に座り込み、涙を流しながら胃の中が空になるまで吐いた。関節が軋《きし》む。全身が痛い。まるで身体だけが犯された直後に戻ったかのようだった。気のせいだ、久しぶりにあの男を見たせいで、ちょっとしたショック状態に陥っているだけだ……そう自分に言い聞かせようとするのだが、上手《うま》くいかない。夢だとわかっている悪夢を見ながら、それでも目を覚ますことができない、それに似て苦しい。這《は》うように寝室へ行って、なんとかベッドに潜り込む。

以前、なにかで読んだ。

――レイプは、心の殺人である。

そんなふうに書いてあった。

――被害者は、身体を傷つけられ、心を殺されるのだ。

死。

また死だ。いつもそれがつきまとう。

……さちのちゃん……また、こんなんだよ、おれ……。

いまはいない少女に弱音を吐く。

視界が歪《ゆが》み、目の奥がチカチカしだす。貧血だ。

ベッドの端に座り、困ったような顔をしているさちのの幻が見える。なにか言ってくれているようだが、耳鳴りがしているので聞き取れない。自分の手足が冷たくなっていくのがわかる。寒い。

シーツに顔を押しつけて、僅かに残っている、久留米の匂いを探す。ほかに縋《すが》れるものがない。目を閉じる。目眩《めまい》が激しくて、開けていられなくなったのだ。左腕が、ベッドからずるりと落ちて指先が床に触れた。

魚住は横たわったままで、気を失った。

そのままどれくらいそうしていたのか、わからない。

次に気がつくと、きちんと布団の中に仰《あおむ》向けで寝かされていた。おまけに服も違う。Tシャツにハーフパンツは寛《くつろ》ぐ時にお気に入りの組み合わせだ。

「……久留米？」

「おー。気がついたか」

一番欲しい声がした。寝室の扉が開き、居間からの光が魚住には眩《まぶ》しい。逆光になっていてよく見えない久留米に向かって手を伸ばす。伸ばされた手を、ごく自然に取って、自分もベッドに腰掛けた久留米が顔を覗《のぞ》き込んできた。

「嫌な汗かいて寝てたぞおまえ。うなされて、顔色も悪かったし」

「うん……貧血起こしたんだ……いま何時かな。おれ具合悪くなって、研究室になんにも言わないで帰ってきちゃった……」

久留米の手を借りてゆっくり半身を起こし、肩口に顔を埋めた。額をすりつけ、その馴染《なじ》んだ体温と匂いに安心する。吐き気もかなり治まっていた。

「……連絡しなきゃ」

「八時だけど、濱田さんなら来てる」

「え？」

驚いて顔を上げると、久留米の肩越しに、寝室の入口に立っている濱田と目が合ってしまった。

「なぁるほどー。そうやって甘えるんだ、魚住くんて」

「は……濱田さん……」

「いやいや。いいもの見せてもらったナー」

久留米は呆《あき》れたように、

「濱田さん、それ、覗き」

と軽く抗議する。魚住にいたっては、しばらくは言葉すら思いつかなかった。


「聞いたぞ、濱田さんから。夏目とかいうヤツの話」

やっと落ち着いた魚住が居間のソファに腰掛けるなり、久留米が言った。魚住は水を渡してくれた濱田をちょっと睨《にら》む。

「だってねぇ。言わないわけにもいかないよ魚住くん。きみ、つまりは犯罪者につきまとわれているんだから」

確かにそうなのだが、久留米にだけは知られたくなかったのだ。

「会ったのか、夏目と？」

久留米は、魚住の予想よりも冷静だった。

「授業に潜り込んだら、いたよ」

「話したか？」

「筆談で抗議した。もう終わらせたかったから」

いつも自分が座る、一番居心地のよい定位置を魚住に譲っている久留米は、その正面の床に胡坐《あぐら》をかいている。

散髪を怠っているので、少し伸びてきている髪をうっとうしそうに掻《か》き上げて、

「なんだって言ってたんだ、そいつは」

と聞いた。水の半分に減ったグラスを、魚住はガラステーブルにカチンと置く。濱田は無言で成り行きを見守っている。

「憎んでくれって」

「なんだって？」

「自分のことを、憎んで、忘れないでほしいって……」

気持ちの悪い野郎だぜ、と久留米が吐き捨てる。魚住も同感である。

「濱田さん。こういう場合はどうしたらいいんだ？　おれが出張って、そいつをぶちのめしたって、話は終わんないんだろ？」

「逆に根に持たれる可能性はあるね」

「ちっくしょう……」

本当に悔しそうに、久留米は呟《つぶや》いた。床を睨みつけている。

「ごめんな」

魚住がそう言うと、視線を上げた。

「ごめんな久留米。嫌な思いさせて」

繰り返すと、久留米に小さくバカヤロウと罵《ののし》られてしまった。なにがどうバカヤロウなのか、魚住にはよくわからなかったが、久留米の口癖のようなそのセリフは魚住を少しも傷つけはしない。

「さて。僕はもう戻ろうかな。久留米くんがついてれば、心配ないし、どっちかというとお邪魔みたいだし」

濱田がそう言いだした時に、玄関チャイムが鳴った。

インターホンに向かった魚住が、どちらさまですかと問う。

返事はない。

まさか。

三人は視線を合わせた。

「え。だってそいつ、ここの住所とか知ってるのかい」

濱田の問いに、魚住は答える。

「知ってるでしょうね。越してないし」

ふつふつと怒りが再燃してくる。自分は被害者だというのに、なぜいまになってまで、こんな嫌な思いをしなければならないのだ。自分だけではない。マリを始め、周囲に迷惑や心配をかけ、久留米にまでも不愉快な思いをさせているのだ。

「あ。もしかして、その、被害に遭った時もこの……」

「いや、やられたのはあいつの部屋。泥酔してるとこを、引きずり込まれたから」

そう言いながら玄関に向かった。

「おい」

「大丈夫だよ。いまはおまえも濱田さんもいるし」

魚住は確認することもなく、黙ってドアを開けた。嫌な予感は見事に的中していた。

夏目が立っていた。

ずぶ濡《ぬ》れだ。どうやら外は酷《ひど》い雨らしい。

「……魚住」

夏目の声は少し震えていた。

「なに」

怖くはない。

さっきまで全身で感じていた悪寒が、怒りへとシフトしている。

「……なんでドアを開けたんだ？　なんでおまえはおれを拒絶しないんだ？」

「拒絶するためにドアを開けたんだよ。よく聞けよ。もう、二度と、来るな」

久留米と濱田は玄関からは死角になっている位置にいてくれている。

「おれを憎んでくれるか？」

また同じことを言う。

魚住は溜息《ためいき》をついた。もう吐き気もしなかった。

その代わりに、ひたすら腹が立ってきた。

なんなんだ。

なんなんだこいつは。

どうして、あんなことしておいて、のうのうとおれの前に姿を現せる？

「魚住……おれ……あの後、実家に戻って、しばらく閉じ込もって……そしたらお袋に病院に連れていかれて、鬱《うつ》だって診断された」

おまえの話なんかに興味はない。その言葉を魚住は呑《の》み込んだ。

「入院してた時期もあるし……退院しても薬は続けて飲んで……一時は、かなりましになったんだ。おまえのことも、本当に悪いと思って、謝りたくて、勉強もし直さなくちゃならないと思った……だから戻ってきたんだ」

言っていることと、やっていることが全然違う。

謝ろうと思っていたくせに、どうして白衣を裂かなきゃならないのだ。

「でも……帰ってきて……一番初めに青山で、おまえと、あの美人がいるのを見た時に、すごく悲しくなった……おまえはもうおれを忘れてる……あんなことまでしたのに、おれを忘れて、あんなに楽しそうにしている……そう思ったら、腹が立って……それで、おれのことを思い出してほしくて……」

ガシャン、と乱暴にドアを閉めたのは魚住だった。

夏目を追い出したのではない。逆に、玄関口に入れたのだ。そして、

「あんたね。いいかげんにしろよ」

と低く言った。夏目は少し驚き、同時にどこかうっとりとした目で、魚住を見ていた。

だが、

「犯されてみるか？」

と言われた瞬間、表情を硬くする。

「いまはおれひとりじゃないぞ。おれだってそこまで不用心じゃあない。ガタイのいいのがふたり奥にいる」

「え……」

夏目の声が掠《かす》れ、その肩が揺れた。

「忘れてる忘れてるってな、あんた。忘れてるのそっちなんじゃないのか？　おれになにをした？　おれを何発殴った？　ええ？　顔と腹と、何発殴った？　何回蹴《け》った？

おれが吐いてもやめなかったよな。髪摑《つか》んで、引きずったよなあんた？　あの時、髪の毛ごっそり抜けたぞ。覚えてるか？」

言っている魚住の中でも、当時の暴力の詳細がリフレインする。記憶がまた別の記憶を呼んでくる。

恐怖が怒りに変成される。

理屈の要らない感情。自分を痛めつけた者に対する、原始的な敵意が、魚住の中で加速していく。

「押さえつけられて、尻《しり》にあんなもんぶちこまれて、死ぬほど痛い思いして――あんた自分だったら忘れられんの、そういうの？　そりゃあ忘れたほうが楽だよ。おれは殴られるのはわりと慣れていたけど、犯されたのは初めてだったからな。自分になにが起きてるのか、信じられなかったよ。身体中痛いし、ケツからダラダラ血は流れるし、胃はひっくり返りそうだし、最低の最悪だ。そんなことが、そう簡単に忘れられるかどうか、あんた試してみる？」

夏目が一歩後ずさった。

だがその背はすぐドアに当たる。視線が魚住から外れて怯《おび》えの色が強くなる。

魚住は気がついていなかったが、いつのまにかすぐ後ろに久留米が立っていた。銜《くわ》え煙草のままでぼそりと、

「犯されてみないと、犯された痛みはわかんねぇよなァ」

と言う。夏目の顔が蒼白《そうはく》になる。

「あんたみたいな想像力のないヤツは、自分で体験しないと痛みがわかんないんだろ？そうなんだろ？」

畳みかける魚住の言葉と共に、久留米の腕が夏目の胸ぐらを摑む。濱田も姿を見せた。待機するように、黙って腕組みをして立っている。

「や、やめてくれ……やめてくれ魚住」

「おれもあの時、そう言ったよ。何度も」

冷たく言い放った。

夏目の膝《ひざ》がガクガクと震えている。久留米は片手で楽々とその身体をドアに押しつけ、銜えていた煙草を玄関に吐き捨てた。

「頼む……頼むよ……っ。わ、わかった、おれが悪かったんだ。もうしない。もうおまえにつきまとわない。迷惑はかけないよ……だ、だから放してくれよ！」

「そう言っといて、何度も同じことを繰り返す人間っているんだよねぇ」

呟いたのは濱田だった。所在なげに壁に寄りかかり、サラリとした口調が、かえって夏目の恐怖を煽《あお》っている。

「し、しない！　本当にしない……大学も辞めるから」

「そんなことはどうでもいい」

魚住が押さえつけられた夏目を見据えて言う。

「普通にしててくれればいい。変なちょっかいを出すな。近寄るな。目も合わせるな。おれはあんたが思っているほど、忘れっぽくなんかないんだ」

「わかった……わかったよ……」

久留米がドアに叩《たた》きつけるように、夏目を解放した。汚いものでも触ったかのように、右手をブンと振る。濡れていた夏目を掴んでいたため、久留米の手から水滴が散る。

「う、魚住……」

腰砕けになっている夏目がなにか言おうとした。視線が合った。

その瞬間、
魚住の中で、なにかがバシンと音を立てた。熱し過ぎたガラスにヒビが入ったような衝撃を感じ、考える間もなく腕が動く。

濡れ鼠の男を、殴りつけていた。

拳《こぶし》で。

思い切り。

顔面をだ。

体勢を崩して、傘立てにぶつかった夏目が呆然《ぼうぜん》と魚住を見ている。くちびるからは血を滴らせていた。

魚住は肩で息をしていた。まだ硬く拳を握りしめている。

燃えるような目を向けて、言葉を叩きつける。

「──くそったれの強姦《ごうかん》野郎。帰れ」

そのままプィと部屋に戻った。

呆《ほう》けたまま夏目は、久留米によってゴミのようにつまみ出された。


「驚いたな。怒ってる魚住くんて初めて見たよ」

「おれもですよ。おい、魚住」

魚住はソファに黙って座っている。

右手は握ったままだ。身体が震えている。殴った当人もまた、呆然としていた。

「おい」

二度呼びかけられて、やっと久留米を見る。やれやれといった感じで久留米はその隣にドスンと座り「手、見せてみろ」と魚住の拳を自分の大きな手のひらに包んだ。その温《ぬく》もりに触れ、やっと魚住が脱力する。

「なんだ、ここ切れてるぞ。あいつの歯が当たったんだな。口狙うヤツがいるかバカ。鼻だ鼻。ああいう時は鼻潰《つぶ》すんだ」

濱田がティッシュの箱を久留米に放ってくれた。

「それからな、親指は握り込まない。中で折れたりすっからな。こりゃおまえ、全国的な常識だぞ」

魚住はコクリと頷《うなず》く。

「アハハ。久留米くんの過去が、なんとなく垣間《かいま》見えてきたなァ。……じゃ、僕は今度こそ帰るよ。魚住くん、また明日《あした》ね」

魚住はまだ言葉が発せられないまま、濱田を見て頭を下げる。濱田は軽く手を振りながら帰っていった。久留米が玄関まで見送る。

やっと動くようになった手を開いたり閉じたりしながら、魚住は深く息を吐いた。

「なかなかいいセリフだったな」

「え……」

「『くそったれの強姦野郎』」

久留米が冷蔵庫から持ってきたビールを渡してくれた。当然、自分のぶんも持ってきている。冷たくて苦い炭酸が喉《のど》を落ちていく。それが魚住の声を取り戻した。まだ掠れ気味ではある。

「おれ……あんなこと、初めて言ったかも」

「ああ。マリあたりだと、日常語なんだけどな」

魚住はそうだね、と少しだけ笑えた。

「怒るのって、すごくエネルギーが要るんだな」

「ああ」

「殴るのも、思ってたより、難しい」

「あれはちょっと意外な展開だったぞ」

「うん。おれも自分で驚いたんだ」

魚住は暴力が嫌いだった。大嫌いだった。

少年期にありがちな非行行為としての喧嘩沙汰《けんかざた》にも、無縁だった。幼い頃から一方的な暴力には曝《さら》されることも多かったが、身を守るため以上の抵抗はしなかった。暴力を学ぶ機会は多かったはずなのに、決してそうはならなかった。

「まあ、あの野郎にとってはよかったかもな」

「え、なんで」

「犯されるより百倍マシだろ」

「なに。もしかしてマジで犯す気だったの、久留米？」

もう半分以上飲んでしまったビールを置き、久留米が煙草を探している。

「なんだ、あれはハッタリかよ？　おまえにそんな余裕があったとはな」

「ハッタリっていうか」

落ちていた煙草を拾い上げて久留米に渡す。何本か散らばってしまっているのも拾い上げてテーブルに置く。

「たまたま口をついて出ただけだよ。あの時はなんにも考えられなかったもん、頭熱くなっちゃって。だいたい、誰が犯すんだよ。おれはヤだぞ」

「おれだってヤだよ。おまえ以外の野郎になんか触りたくねぇよ」

「じゃ、濱田さん？」

「金払ってもヤってくんないだろうなぁ。面食いだぞ、あの人。んじゃあ、スリコギでも突っ込むか？」

「サリームに叱られるよ」

そう言いながら、今度は自然に笑うことができた。

久留米の腕が魚住の身体に回る。後ろから抱き込まれて馴染《なじ》んだ匂いに包まれる。

「おまえ、ちょっと熱あるな」

額に手を当てられた。

「え。そう？」

「神経が疲れたんだろ。貧血起こしたし、興奮もしたし。今日は早く寝ろ」

「やだよ」

魚住は久留米の腕の中でビールを飲みながら、その提案を拒絶する。

「やだって、おまえ……」

「したい」

後頭部を、乱暴なほどにグリグリと久留米の肩のあたりに擦《す》りつける。

「あのなァ。そんな、直球で勝負してくんなよ……今日は、ダメだ」

「どうして。おれは平気だってば」

「おれがダメなんだ」

え、と驚いて、魚住が久留米からいったん背中を離す。

そしてあらためて向かい合わせになり、

「あの……勃《た》たないの？」

と聞いて、ペシッと頭をはたかれた。

「バカヤロ！　違う！」

「イテ。じゃ、なんで……」

久留米は珍しく視線を泳がせて、それから不機嫌な顔で言った。

「今日は危ないんだよ、なんか。気分的にヤバイの。あの野郎の顔見て、いろいろ考えちまったから……その、歯止めが利かなくなりそうなんだよッ」

魚住はしばらく考えて、やっと久留米の言わんとしているところを理解した。

「ああ、そういう……でも、あの……」

「なんだ」

ますますコワイ顔になっている久留米が、嚙《か》み潰すようにフィルターを銜《くわ》えている。

「あの、そんなに、いっつもセーブしてくれてんの？」

「あったりまえだろうが！　だいたい、最後までだってしてねーだろうが！」

怒鳴られてしまった魚住が、思わず身体を引く。

そうなのである。まだ最後まで、していないのだ。それをしないとセックスと言わないのであれば、まだセックスに至っていないことになる。

だが互いの肌に触れ合い、手やくちびるで高め合う方法だけでも、魚住は信じられないほどの快感を得られていた。ゲイである知人の雅彦から『アナル・セックスは好きじゃない、しないっていうゲイはたくさんいるよ』とも聞いていたので、おかしいとも思わなかった。さらには、久留米はあくまで根がヘテロであるから、あんなところにあんなモノを入れるのは抵抗があるのだろう、と勝手に解釈していたのだ。

「あの……おれ、おまえがヤリたくないんだと思ってたんだけど……」

魚住の言葉に、久留米の眉間《みけん》がギリギリと狭くなる。

「なんでだよ」

「いやホラ。やっぱ汚いし」

「汚いと思ってたら、指だって入れられねーだろうが！」

露骨に言われて、魚住は赤くなる。

「だから、そんな顔すんなっつーの。押し倒される前に、さっさと風呂《ふろ》入って寝ろ……ったく、かなわねぇよ、おまえには……」

溜息《ためいき》と共に煙を吐く久留米の顔を見ながら、魚住はゆっくり立ち上がった。

「風呂入ってくる……」

「風呂から出たら……しよう、久留米」

座ったまま、ジロリと見上げられたが、魚住は怯《ひる》まないで言った。

「最後まで……しようよ。おまえとなら、おれも、してみたい」

「ああ」

そして返事を待たずに風呂場に駆け込んだ。

鼓動が速い。言ってしまってから、大丈夫だろうかと自問する。もちろん、久留米と繋《つな》がりたい欲求は感じていたし、この二か月でA感覚もそれなりに開発された。思いがけずよかったので、久留米にもしてやろうとしたら、激しく拒絶されたりもした。しかし、指とアレでは、質量がまったく違う。

——久留米んとこのご子息は、どう考えても標準以上だしなー……うわ。ヤバイか？大丈夫か、おれ？

このまま風呂に入ったら高血圧で倒れそうである。シャワーだけが正解だな、と変なところで冷静な自分が、魚住は少し可笑《おか》しかった。

途中でやめろっていうの、なるべくなしにしてくれよな……そんなことを言われながら愛撫《あいぶ》を受け、魚住はいつもよりさらに熱くなる自分の身体を持てあました。

ゆっくりと指で解《ほぐ》される感覚に息が上がる。

久留米の指は、魚住の中の隠された性感帯を、すでによく知っている。

「——ん……ッ…」

疲れないようにという配慮なのだろうか、横抱きにされて、時間をかけ、広げられる。刺すような快感を生む、一番のスポットだけを久留米はまだ避けている。いままでなら、とうに解放されているのに、今夜の久留米は魚住自身にもほとんど触れてくれない。もどかしくて魚住は首を振る。

身体が、意識を置き去りにして暴走する。激しく巡る血流が止められない。

ふいにごく軽く、指がそのスポットを押した。

「ア！　あ、あぁぁ………」

上擦った、甘ったるい声を殺せなかった。

「まだイクなよ？」

意地の悪い指はすぐにそこを離れる。

自分のペニスの先端からトロリとした液体が零《こぼ》れ落ちていくのがわかった。耐えきれずに自ら慰めようとする手を、久留米に阻まれる。

「ウ……く、る…め………」

苦しくて顎《あご》が上がる。

首筋に久留米が嚙みつく。縦に歯が滑る感覚がたまらない。

指はやがて三本にまで増やされ、その間に魚住はほとんど痛みを感じなかった。異物感と圧迫感は否めないが、同等に近い快楽もあった。

「やば……おれがそろそろ限界だ……おい。入れるぞ」

もう少し、言い方がありそうなモンだよなぁという思いが頭を掠《かす》めたが、もはや言える状態ではない。

「……どっちがいいんだ、おまえ？」

「…………？」

指をそこから抜きながら、久留米が言った。

目でわからないと訴える。なんの話だ。

「後ろからと、前から」

「……な……し、しらな…そんなこと……」

この期に及んで、なにを言いだすんだかこの男は。さすがに魚住も呆《あき》れる。だが、次の言葉に、久留米が本当はなにを言いたいのかを理解した。

「後ろのが、楽らしいんだけどな……おまえ、怖くないか……？」

ああ
そういうことだったのか……。

「……平気だよ……おまえとヤってんだもん……」

小さく笑って、答えた。

魚住が過去に受けた疵《きず》を、魚住以上に気にかけている男が、ここにいる。欲情と優しさに溢《あふ》れた目をして、魚住を見ている。

胃のあたりが、とても温かくなった。

とっくに熱い身体の表面とは、また違う温《ぬく》もり。深く心に浸透するような、久留米の温度。こんなにいろいろな種類の熱を与えてくれる人間が、ほかにいるだろうか。この無骨で、ぞんざいで、意地悪で助平で、いつもそばにいてくれる、この男以外に。

久留米の手に従って、身体を裏返す。

腰を上げている格好は、第三者から見たらなんとも情けないだろうが、いいのだ。当事者なのだから、そんなことは気にしなくていいのだ。

言葉の代わりに、久留米が背中にキスをくれる。

もう一度、潤滑剤が塗り込められる。内部の壁をぐるりとなぞられて、思わず揺らめいた腰を、しっかりとホールドされる。

「……もう、止まらねぇぞ」

耳元まで上ってきたくちびるに囁《ささや》かれ、それだけで震えてしまう。ゆっくりと、久留米が侵入《はい》ってくる。

その後、自分がどんな嬌声《きょうせい》を上げたのか、魚住は覚えていない。

電話のベルが鳴っている。

秘書はランチに出かけたし、濱田は教授と話しているし、伊東は口いっぱいに焼きそばパンを詰めていた。仕方ないので、魚住がやや遠い位置にある電話を取るために身体を伸ばす。

「あ、つッ……」

椅子から腰が浮いた瞬間、つい呻《うめ》いてしまった。伊東が不思議そうにこっちを見た。

「もしもし、日野免疫……あ。マリちゃん。ウンおれ」

マリが大学の近くまで来ているという。

魚住は午後のスケジュールを確認し、一時間だけ時間をもらって、マリの待っている喫茶店に向かうことにした。大学のすぐそばだ。

「すみません。じゃ、行ってきます。ええと伊東くん、おれ、戻ったらヘマトクリット使うからよろしく」

「はい。魚住さん、大丈夫ッスか？」

「え？」

「いや、腰、痛いんじゃないですか？」

脱ぎかけた白衣を持ったまま、魚住が固まる。濱田の背中が震えているのが目の端に映った。

「だ、だいじょぶ……じゃ……」

「はあ。いってらっしゃい」

必要以上に慌てないように、あえて普通に廊下を歩く魚住の耳に、

「濱田さん、なんか魚住さんの様子ヘンじゃないです？　どっか具合悪いんですかね？　ぎっくり腰とか？」

という声が聞こえ、ひとりで赤面する。

外は気持ちよく晴れていた。

朝までの雨はすっかり上がったようだ。高い青空はもう夏の色をしている。梅雨の中休みの、貴重な晴れ間だ。

気分はいいのだが、尻《しり》は痛い。もう二日経つのに、まだ完全には治らない。あれでも手加減したんだという、事後の久留米の言葉に、いくぶん今後が不安になったりもした。

そのうち慣れるのかもしれない。

痛いだけでもなかったのだから、初回としては上出来なのだろう。それに、自分に深く入り込んだ瞬間、恋人の色っぽい呻き声が聞けたのがとても嬉《うれ》しかった。

昼時なので、中庭には多くの学生がいた。

ふと、魚住は足を止める。

夏目が、ひとりでベンチに座ってなにか食べていた。

魚住には気がついていない。

誰かが、夏目の横に座った。友人だろうか。夏目にも、友人くらいはいてもおかしくはない。腫《は》れた口元をからかわれているのかもしれない。

……まあ、いい。どうでもいい。

魚住はまた歩き始めた。

少なくとも、時間は後ろへは進まない。それはすでに言葉として間違っている。後ろへは『進む』ではなくて『退く』を使う。

時はひたすらに進むだけ。乱暴された時間に魚住が戻ることはないのだ。忘れるのは無理だが、後ろばかり見ている必要もない。

「やだァ、気持ちわるい〜」

女学生たちがなにか騒ぎながら、魚住の横を通り抜けていった。なんだろうと見てみると、植え込みの囲いになっているレンガに、蝸牛《かたつむり》が這《は》っていた。植え込みの一角にある紫陽花《あじさい》から落ちてしまったようだ。弱っているのか、ほとんど動いていない。ただでさえスローペースな蝸牛が、いっそう低速化しているのだから、もうほとんど止まっているに近い。

魚住はしばらく覗《のぞ》き込んでいた。

「でも、止まってはいないもんな、おまえも」

そんな独り言を呟《つぶや》いて、乾いたレンガの上にいた小さな生き物を摘《つま》み上げ、水分を十分に含んでいる紫陽花の葉に移動してやった。中腰になると少し痛みが走ったが、なんとかやり過ごす。

体勢を戻して、腕時計を見る。約束まであと五分。

昨日、安岐から電話があった。昼間大学にかかってきたので、夜、自宅にかけ直してもらった。

マリに謝ったそうだ。

魚住が安岐の勘違いをすべて指摘したと知った瞬間から、マリは別人のようになり、

「なによ！ やっと人から言われて気がついたの！ ほんっとにあんたって、鈍くて、単純で、お人好《よ》しで、もー、信じらんないバカタレだわよッ」

と罵《ののし》ったそうだ。目に浮かぶようである。

安岐はそこで、三度目の恋に落ちたらしい。一度目はマリの姉の麗子に。二度目は麗子だと思い込んでいたマリに。そして三度目は正真正銘のマリ……鞠谷優子に恋をしたのだと言っていた。

それを告白したら、なぜだかマリはプンプン怒って帰ってしまい、でも翌日、電話をしたらちゃんと出てくれた――嬉しそうに、そう話していた。

今日これからマリは、おそらく魚住に安岐の悪口を山ほど言うのだろう。滅茶苦茶に、ボロボロに、挽肉《ひきにく》だってこんなに細かくないというほどに粉砕するのだろう。

だがふたりが、今年の夏に旅行に行くことを魚住はもう知っている。

嬉しくてたまらない様子の安岐が、絶対内緒ですよと教えてくれたのだ。魚住が知っていることを、マリが勘づいているかどうかは定かではない。もしかしたら、なにもかもお見通しなのかもしれない。それでもやっぱり安岐の悪口は言うはずだ。

恋とは、まったくもって、偉大におかしな現象である。

セオリーは存在せず、ロジックは役立たずだ。誰もがそれに翻弄《ほんろう》され、泣いたり笑ったり憎んだり愛したりする。

雨上がりの木々の下を歩く。揺らぐ濃い緑が美しい。

強い風に揺れた枝から、光る水滴が刹那《せつな》の雨のように落ちてきて、魚住は擽《くすぐ》ったげに肩を竦《すく》めた。

本書は二〇〇一年七月に光風社出版より刊行された文庫『過敏症　魚住くんシリーズ4』、二〇〇九年八月に大洋図書より刊行された単行本『夏の子供』収録分のうちの一部を、加筆修正の上、文庫化したものです。

この作品はフィクションです。実在の人物、団体等とは一切関係ありません。

過敏症《かびんしょう》

魚住《うおずみ》くんシリーズ Ⅳ

榎田《えだ》ユウリ

平成27年 3月25日　初版発行

発行者●堀内大示

発行所●株式会社KADOKAWA
〒102-8177　東京都千代田区富士見2-13-3
電話 03-3238-8521（営業）
http://www.kadokawa.co.jp/

編集●角川書店
〒102-8078　東京都千代田区富士見1-8-19
電話 03-3238-8555（編集部）

角川文庫 19063

印刷所●株式会社暁印刷　製本所●株式会社ビルディング・ブックセンター

表紙画●和田三造

ISBN978-4-04-101780-7　C0193